WHY FISH DON'T EXIST

鱼不存在

［美］ 露露·米勒 （Lulu Miller）——著

陈晓宇——译

湖南文艺出版社
HUNAN LITERATURE AND ART PUBLISHING HOUSE

博集天卷
CS-BOOKY

© 中南博集天卷文化传媒有限公司。本书版权受法律保护。未经权利人许可，任何人不得以任何方式使用本书包括正文、插图、封面、版式等任何部分内容，违者将受到法律制裁。

著作权合同登记号：图字 18-2022-065

图书在版编目（CIP）数据

鱼不存在 /（美）露露·米勒（Lulu Miller）著；
陈晓宇译 . —— 长沙：湖南文艺出版社，2022.9（2025.7 重印）
书名原文：Why Fish Don't Exist
ISBN 978-7-5726-0794-3

Ⅰ．①鱼… Ⅱ．①露…②陈… Ⅲ．①散文—美国—
现代 Ⅳ．① I712.6

中国版本图书馆 CIP 数据核字（2022）第 150867 号

上架建议：人文·新知

YU BU CUNZAI
鱼不存在

著　　者：［美］露露·米勒（Lulu Miller）
译　　者：陈晓宇
出 版 人：陈新文
责任编辑：匡杨乐
监　　制：吴文娟
策划编辑：董　卉　李甜甜
特约编辑：罗雪莹
版权支持：王媛媛　姚珊珊
营销编辑：闵　婕　傅　丽
装帧设计：利　锐
内文插图：凯特·萨姆沃斯（Kate Samworth）
内文排版：百朗文化
出　　版：湖南文艺出版社
　　　　　（长沙市雨花区东二环一段 508 号　邮编：410014）
网　　址：www.hnwy.net
印　　刷：北京天宇万达印刷有限公司
经　　销：新华书店
开　　本：855mm×1180mm　1/32
字　　数：162 千字
印　　张：7.5
版　　次：2022 年 9 月第 1 版
印　　次：2025 年 7 月第 3 次印刷
书　　号：ISBN 978-7-5726-0794-3
定　　价：59.80 元

若有质量问题，请致电质量监督电话：010-59096394
团购电话：010-59320018

这本书献给你，爸爸

CONTENTS ～～～～～ **目录**

PROLOGUE  序曲

想象你最爱的人，想象他们坐在沙发上，吃着麦片，长篇大论地说着某件事，而你为此深深着迷：比如，有人在邮件末尾只署上名字的首字母，就是不肯再按四个键写全自己的大名，真是让人抓狂——

混乱会找上他们。

混乱会利用一根落下的树枝、一辆疾驰的汽车、一颗子弹，从外部敲打他们；又或许它会从内部瓦解他们，让他们体内的细胞叛变。混乱让你的植物腐烂，让你的狗死去，让你的自行车生锈。它腐蚀你最珍贵的回忆，掀翻你最喜欢的城市，摧毁你建造的所有避难所。

不用怀疑它是否会来，你需要关心的是它会在何时降临。混乱是这个世界上唯一确定的事情，是所有人的统治者。我身为科学家的爸爸很早就让我领教了热力学第二定律的必然性：熵只会逐渐增加，不管我们怎么做，都不能使其减少。

一个聪明人会接受这一事实；一个聪明人不会与之抗争。

可就在1906年的一个春日，一个留着海象胡的高个子美国人却敢于挑战我们的统治者。

他名叫大卫·斯塔尔·乔丹，从很多方面来说，对抗混乱就是他的工作。他是一位分类学家，肩负让混乱的地球井然有序之重任，工作内容是勾勒生命之树的形状。所谓生命之树，也就是据说能展现所有动植物关系的树状图。他的专长是鱼类，于是他整日航行海上，寻找新的鱼类。他期望能找到新的线索，以揭示自然界的更多秘密蓝图。

他就这样工作了数十年，和船队不知疲倦地奔走，最终那个时代足有五分之一的已知鱼类是被他们发现的。新的鱼类上钩后，他收回钓线，绞尽脑汁给它起个名字，把名字打在闪亮的锡牌上，把牌子丢进保存鱼类标本的乙醇罐子里，然后小心地把罐子堆起来，越堆越高。这样的动作，他重复了近千次。

直到1906年春天的某个上午，一场地震把他这些闪闪发光的藏品掀翻在地。

几百个罐子在地上摔得粉碎。碎玻璃和倒下的架子让标本支离破碎，空气中弥漫着乙醇的味道。最糟糕的是名字，那些精心摆放的锡牌散落一地，几百条费心命名的鱼重回未知的混沌。

然而，站在这片废墟中，一生的心血在脚边分崩离析之时，这个大胡子科学家做了一件奇怪的事。他没有感到绝望，没有放弃收集，也没有在意这场地震传达的明确信息——在混乱主宰的世界里，任何追寻秩序的尝试注定失败。他卷起袖子一阵翻找，最终找到了一根缝衣针。世上有那么多武器，而他竟选了这个。

他用拇指和食指捏住针，穿上线，把针对准了废墟中能辨认的几条鱼中的一条。他潇洒一挥，针穿过了鱼的喉咙，接着他用线把名字标牌直接缝到鱼身上。

他重复这一细微动作，处理每一条他还记得名字的鱼。他不再让锡牌随意待在罐子里，而是直接把名字标牌缝在鱼身上，缝在它们的喉咙、尾巴或眼球上。这个小小的创新承载着他的执念：

他的藏品将会免遭混乱的屠戮，下一次混乱来袭时，他的秩序将屹立不倒。

◆ ◆ ◆

二十岁出头的年纪，我第一次听说大卫·斯塔尔·乔丹与混乱的搏斗，那会儿我刚当上科学记者。我的第一反应是，这人是个傻瓜。用针或许能够抵挡一场地震的冲击，但是若遇上火灾、洪水、锈蚀，还有其他几十亿种他想都没想到的麻烦，那时他该怎么办呢？相比于统治着他的未知力量，这个缝衣针的创意是那么微不足道，短视又盲目。他就是一个代表着不自量力的反面例子，鱼类收藏界的伊卡洛斯。

然而，在我年纪渐长，混乱也找上门时，在我把自己的生活搞得一团糟，然后试着一点点将其重新拼凑起来时，我开始琢磨这位分类学家。或许他早已明白了什么，不管是坚持不懈、认准目标还是如何走下去，都是那时的我需要了解的东西。或许怀揣某种庞大信念是可行的；或许即便没有迹象表明当下的所作所为会起作用，也要一头扎进去；或许这并非蠢人之举，而是——这么想让我心中涌起罪恶感——胜利者的行为？

于是，一个颇感绝望的冬日下午，我在谷歌搜索栏里打出大卫·斯塔尔·乔丹这个名字。页面上出现一张旧照片：一个蓄着浓密海象胡的老年白人男子，眼神颇为犀利。

你是谁？我如此想道。一个寓言，还是生活的模范？

我点击浏览更多他的照片。少年时的他，竟然像小绵羊一样，有着茂盛的黑色卷发和突出的双耳。青年时的他，直直地站在一艘划艇上，他的双肩厚实，咬着下嘴唇的样子颇有些性感味道。然后他成了一位老爷爷，坐在扶手椅上，正在给一只长毛白狗挠痒痒。我看到网页上有链接，点击后会跳转到他写的文章和图书：关于鱼类的收藏指南，对朝鲜、萨摩亚、巴拿马的鱼类的分类学研究，以及关于绝望、酗酒、幽默和真理的散文。他还写过童话故事、讽刺作品、诗歌，以及一本已经绝版的回忆录，名叫《其人其事》（*The Days of a Man*），里面记录了他的许多生活细节，甚至分成了上下两卷。对一个试图在别人的生活中寻求方向的迷茫记者来说，这真是再好不过了。他的回忆录已经绝版近一个世纪，不过我还是在一个二手书商那里搞到一套，售价27.99美元。

包裹到货，我感到温暖且欣喜，就好像里面有藏宝图一样。我用牛排刀划开胶带，两个橄榄绿的大部头掉了出来，封面上镀金的字母在闪光。我冲了一大壶咖啡，坐在沙发上，在腿上摊开第一卷，想搞清楚拒绝向混乱低头时，人会变成什么样。

第一章 ～～～～～～ **一头扎进星空的男孩**

1851 年，大卫·乔丹生于纽约州北部的一个苹果园。他出生时正赶上一年中最黑暗的时刻，这或许可以解释他对星星的痴迷。"秋天的晚上剥玉米的时候，"他这样描写自己的童年，"我对天体的名称和意义产生好奇。"他不满足于看星星在天空中眨眼睛，认定自己要了解它们，为天上的这片混乱找回秩序。八岁时，他得到了一本天体图集，开始对照天体图观察头顶的星空。多少个夜晚，他溜到屋外，想要弄清每颗星星的名字。据他自己说，他只用了五年就理清了整个星空的秩序。于是，他在自己的名字中加入"斯塔尔"[①] 这个词，并骄傲地一直沿用下去，直至生命的尽头。

了解天空之后，大卫·斯塔尔·乔丹将注意力转向大地。他家的土地翻滚起伏，树木、巨石、农舍和牲畜如同星座般遍布其中。父母总让他干杂活：剃羊毛、剪树篱，还有大卫的拿手好戏——把碎布拼缝成毯子（他的屈肌腱很早就学会了如何做针线活），但他一有空就去画地图。

他需要帮助，于是找到自己十三岁的哥哥鲁弗斯，一个安静温柔的自然爱好者。鲁弗斯有一双棕色的眼睛，目光深邃，他教大卫如何驯服马驹——从头一直抚摸到脖子，还教大卫如何在灌木丛中发现最多汁的蓝莓。看着鲁弗斯一点点揭示大地的秘密，大卫如醍醐灌顶，他说，鲁弗斯在他心中就是"绝对的偶像"。

---

① Starr，即星星。——如无特殊说明，本文脚注均为译者注

慢慢地，大卫开始精心绘制眼前的每一样事物。他画过家里苹果园的地图（标出树木和动物的物种名称），画过自己的上学路线图（标出每个教堂所属的教派），画完熟悉的地方之后，他开始描绘远方，绘制别处城镇、州县和大陆的地图，求知欲旺盛的小小手指触及地球的每个角落。

"我那时展现出的迫切，"他写道，"让我母亲很是担心。"这位名叫胡尔达的高大妇人，终于有一天忍不住，把大卫那堆浸着年少汗水的图纸丢了出去。

◆ ◆ ◆

为什么这样做？谁知道呢。可能因为胡尔达和丈夫海勒姆都是虔诚的清教徒，他们引以为傲的是一种殉道者般的生活方式，例如，从不放声大笑，每天早晨不等太阳露面就来到田边劳作。花时间绘制别人已经画好的地图，就是轻浮之举，是对一日光阴的侮辱；再说，生活于他们而言本就不易，有那么多苹果要摘，那么多土豆要除草，那么多碎布要缝。

又或许胡尔达的反对不过是时代的缩影。19 世纪中期，不顾一切地追求自然界的秩序已经过时。地理大发现的时代开始于四百年前，结束于 1758 年——这一年，现代生物分类学之父卡尔·林奈完成了巨著《自然系统》（*Systema Naturae*）的第十版。这本书如同一张绘制生命之间所有关系的假想蓝图（不过林奈的图表错误百出：把蝙蝠归入灵长目，把海胆视作蠕虫，等等）。随着船只在港口间的穿梭愈加频繁，人们对窥探异域物种和地貌的兴奋感渐渐消散，而这曾是商店、酒馆和咖啡厅招揽生意的手段之一。珍奇柜[1] 已经蒙尘，这个世界似乎不再有未知之地。

不过胡尔达的反对也可能是出于别的原因。那会儿，一部对上帝不敬的作品在印刷机的咯吱声中问世——1859 年，《物种起源》出版，年幼的大卫那时刚开始皱着鼻子观察星空。也许胡尔达读了报纸上的消息之后，嗅到了一丝自然界的平衡即将被打破的气息？

无论如何，胡尔达坚持自己的立场。她攥着揉皱的地图，告诫儿子去找些"更靠谱的事"打发时间。

大卫像个乖孩子一样听母亲的话：他不再绘制地图。但是，他又像个真正的男孩一样，没有停止自己的探索。

"我家附近的乡村里开满野花。"他写道，想把自己的小小叛逆归咎于地球。放学回家的路上，他时不时从草丛里摘下一朵毛茸茸的乒乓菊，或是丝般柔软的橙色星形花。有时他闻一闻就任之落到地上，有时他拿一朵在指间把玩，然后将它带回自己的卧室。花朵躺在床上，用它神秘的花瓣排列方式逗弄着大卫。他努力克制住想要了解这朵花的冲动，不去关心它的名字和它在生命之树上的确切位置。大卫的自制力真的很强，至少在青春期到来

---

[1] 用于展示和摆放私人珍奇收藏品的柜子。

之前确实如此。

进中学的第一天，大卫就把图书馆里"一本关于花的小册子"悄悄带回了家。他躲进自己的房间，坐在桌前，攥着小册子，逐一辨认铺满桌面的花朵，了解它们的种属。快成年的大卫脚上开始生出毛发，他的声音变得低沉。有时他会在散步途中捉弄母亲，突然报出路边花朵的拉丁语名：*Vinca major*（蔓长春花）、*Helianthus annuus*（向日葵）。他似乎是想借此声明，他对自然的热情不会被外界的排挤、压迫或驱逐所影响。"我在卧室的白墙上写满我逐渐认识的各种植物名，可能做得有点过头。"

大卫开始与一位风评不佳的穷苦农民结伴同行。他名叫约书亚·埃伦伍德，知道附近几乎所有植物的名字。因为这项了不起的能力，这位老者在邻里眼中成了"没出息的混日子的人"。

大卫却很佩服约书亚，追随着他穿越乡野，想尽可能地榨取他的知识，了解植物的不同叶片形状、花瓣数量或香味透露的秘密。遇到约书亚之后，大卫宣布放弃对美的喜爱，将目光转向那些不美也无趣的花朵——蒲公英（*Taraxacum mongolicum*）和毛茛（*Ranunculus japonicus*）能更好地展示自然的造化。"这些小东西，"他写道，"虽说不好看，却比那些千篇一律的招摇花朵更有意义。科学价值与美学趣味不同，前者的特质之一就是关注隐秘角落里微不足道的事物。"

隐秘角落里微不足道的事物。

大卫的这个措辞是在影射自己吗？尽管他的回忆录没有透露

太多，我们依然能看出，人类世界对大卫并不友好。据历史学家
爱德华·麦克纳尔·伯恩斯描述，大卫的父母把大卫送进寄宿学
校，"女孩们不怎么喜欢（他）。据说其他男同学有时会在夜里坐
进篮子，被拉上（女生宿舍），这种篮子原本是向高楼层输送燃
料的工具"。而大卫呢，一次也没体验过搭乘篮子的美妙之处。

等他再大一些之后，外面的世界变得更糟了。他在回忆录里
提了几笔：一次在冰池滑冰时，他和一个比他个头小得多的男孩
打了起来；他想唱歌，却被音乐老师劝退；十六岁那年，他加入
棒球队，却在某次俯冲接高飞球之后受伤并退出，他"摔断了鼻
子，而且因为当时没有固定好，所以从那以后鼻子一直有点歪"。
他的第一份教学工作也并不如意，学生是附近镇上一群不听话的
男孩。大卫试图让课堂看上去像点样子，于是用一根木质教鞭控
制课堂秩序。他会挥舞教鞭，让学生集中精神，有时也会用它来
惩罚表现最差的学生。直到有一天，学生们开始反抗，他们朝大
卫最信赖的教鞭撒气，一把火烧掉了它。

大卫在回忆录中说，他将注意力转向独自一人的消遣——阅
读冒险小说和诗歌，让自己专注于"攥紧双手闯关"的任务。但
即便是在独处时，外界的混乱依然会向他发起冲击。十一岁的某
一天，大卫正兴高采烈地"沉浸在最喜欢的烧树桩任务中"，这
时他的姐姐露西娅突然出现在自家农舍的门口。据大卫回忆：
"她朝我大声喊道，如果你想见你哥最后一面，你就必须立刻赶
回屋里。"

大卫感到困惑：鲁弗斯现在不该在家的。鲁弗斯是坚定的废奴主义者，刚刚加入北方军队。不过，还没踏足战场，让这份信念接受战火的洗礼，他就在训练营患上了一种怪病。这种病很快蔓延到他的全身，引起了高烧，还让他的皮肤长满了玫瑰色的疹子。这在那时是病因不明也无药可医的绝症，只是简单地被称为"军营热"（几十年后，人们才把它命名为斑疹伤寒）。

大卫走到哥哥的床边，鲁弗斯的眼神曾像指南针一样犀利，现在却变得涣散，无法聚焦。大卫在床边一待就是好几个小时，祈祷命运为哥哥的身体再注入一些力量。

第二天早上，鲁弗斯再没醒来。

"我还记得，他的英年早逝让我陷入长久的孤独和沮丧，"大卫写道，"多少个夜晚，我梦见哥哥没死，毫发无伤地回到我身边。"

◆ ◆ ◆

鲁弗斯死后，大卫的日志突然迸发色彩。他小心翼翼地绘制野花、蕨类、常春藤和荆棘，以及任何自然的片段。这些画作就像是他从世界中扯下的碎片，没有艺术性可言，到处都是铅笔印、墨点、橡皮擦痕，以及上色时用力过猛留下的划痕。我们可以从这份用力过猛中看出他的着迷、他的绝望，他用尽全身力气去把握未知事物的样子。他在每幅画作下面都标出该种植物的学名，在这种时候，他的笔锋突变，字母流畅翻转，似乎多了一份胸有成竹的意味：*Campanula rotundifolia*（圆叶风铃草）、*Kalmia latifolia*（山月桂）、*Astragalus canadensis*（加拿大黄芪）。大卫描述了说出这些学名时激动的心情，一种尽在掌控的胜利感觉。"它们的拉丁语名，"他写道，"就是舌尖上的蜜糖。"

心理学家研究过这种现象——收藏这一行为在人痛苦时能够带来的甜蜜慰藉。心理学家维尔纳·明斯特伯格在数十年中采访了多位有收藏癖的人，并在《收藏：难以控制的激情》（*Collecting: An Unruly Passion*）一书中写道，在一个人经历某种"分离、失去或伤痛"后，其收藏欲通常会变得格外狂热。每获得一件新的藏品，收藏者就陷入一种"无所不能"的幻觉之中。格拉纳达大学的弗朗西斯卡·洛佩斯-托雷西利亚斯多年来一直在研究收藏者，她也发现了类似的现象：人们在沮丧或焦虑时，会通过收藏行为来缓解伤痛。"当人们心中感到无助时，"她写道，"强迫性的收藏行为能让他们感觉好一点。"而唯一的危险，明斯特伯格警示道，就是似乎存在一条界线，任何强迫症都是如此。一旦越过该界线，收藏就会从"令人喜悦"转变为"让人倾家荡产"。

◆ ◆ ◆

大卫又长大了一些，肩膀变得宽厚，双唇变得丰满，对新物种的热情却只增不减，但似乎没有人在意他的喜好。不管他多么努力地研究，不管他熟知多少新物种的名称，不管他发表多少篇分类学论文，"学校里都没人关注我的这一兴趣"。他就读于康奈尔大学，仅用三年时间就先后取得理学学士和硕士学位，却在找工作时遇到了麻烦。大学都想招揽左右逢源的教员，那种具备纵横课堂的魅力和气势的人。大卫热衷的那套安安静静探索自然的活动，他那种手肘沾满尘土，膝盖布满擦伤的认真钻研态度，被贬作儿戏。

对大卫来说，他的一辈子可能就是这样了。他不顾一切地收集花朵，而整个世界并不认可这一使命的价值。年复一年，他将自己埋入根深叶茂的孤独中。

假如他没踏上佩尼克斯岛的话。

第二章 ～～～～～～ **小岛上的预言家**

佩尼克斯岛与马萨诸塞海岸相距十四英里[①]。这座岛屿不到一英里长，没有任何树木能为其遮蔽烈日骄阳，因此被称为岛链上的"小矮子"，一块"孤单寂寞的岩石"，一座"地狱的前哨"。

不过，出于某种原因，佩尼克斯岛裸露的海岸一直是绝望中的希望之地。19世纪初，一位医生在这里建立麻风病院，坚信自己能找到治愈病人的办法。20世纪50年代，这里变身为鸟类避难所，博物学家希望能在这里挽救数量急剧减少的燕鸥种群。到了70年代，佩尼克斯岛又成了少年犯/不服管教者/迷途少年（对这个群体的称呼随时代变化）的改造学校。学校的创始人是一位前海军陆战队士兵兼渔民，希望通过封闭环境、体力劳动、养殖牲畜、造船、集体生活以及课业活动等综合手段"把潜在的杀人犯变成偷车贼"。我听说佩尼克斯岛的时候，它已经变成了戒毒中心，嗑药成瘾的人试图在这里彻底摆脱对毒品的依赖。而在上述一切发生之前，在大卫·斯塔尔·乔丹生活的年代，是哪个群体在远离尘世的岩石间寻求救赎呢？博物学家。

时间倒回1873年，大卫刚从康奈尔大学毕业，那时一位最负盛名的博物学家路易斯·阿加西对自然学科的未来甚为担忧。阿加西来自瑞士，同时是一位地理学家，他长着茂密的络腮胡子，魅力四射。他的另一个为大众熟知的身份是冰期理论的早期支持者，凭借着对基岩中化石和划痕的深入观察，他提出了自

---

① 1英里约合1.61公里。——编者注

己的假说。因此，他认为传授科学知识的最佳途径是观察自然。"研究自然，而非书本"是他的名言。阿加西会把学生和动物死尸一起关在柜子里，直到学生发现"柜中之物的所有真相"之后才能出来，这一手段让他名声大噪。

四十多岁时，阿加西前往哈佛任教，在那里的所见所闻让他感到不安：没有对自然的探索，没有学生和腐烂的尸体一起待在柜子里，学生们专注于写论文、考试和背诵文章，科学课本里的陈腐观念都被他们嚼烂了。阿加西很担心这种教学方式，他警告说："一般而言，科学与信仰并不相符。"即便到了 19 世纪 50 年代，许多受人敬仰的科学家仍旧坚持"自然发生说"——认为跳蚤和蛆虫是突然从微粒进化而来的。再倒退个几十年，还有科学家认定"燃素"决定了一种物质是否可以燃烧。在阿加西生活的年代，人们没有办法保护自己的爱人远离"军营热"等怪病的死亡威胁，因为引发疾病的细菌尚未被发现。不能这样下去了，阿加西想，假如人们对当下的教条感到满足，那么他们必然会被其阻碍、遏制和禁锢。而突破教条的方法，走向光明的途径，就是不断地、近距离地、长时间地观察自然界的一花一草一木。

于是，阿加西计划建造一个能拨乱反正的避风港，一个让自己有机会指导年轻的博物学家们走出去，直接接触和观察自然的夏令营。1873 年，一位富有的地主贡献出佩尼克斯岛让阿加西实现自己的畅想，而阿加西毫不犹豫地抓住了这个机会。

小岛的地理位置再合适不过了：距离海岸一小时航程，既容易到达，又能让人有避世感。小岛的大小也正好，人既可以在其间漫步，又不至于迷路。至于值得研究的对象？这可要说上一阵了。没有树木的岛畔覆盖着一层厚厚的海草，它们随风招摇并蕴含宝藏——螃蟹、蜻蜓、蛇、老鼠、蟋蟀、鸽、甲虫和猫头鹰在其间穿梭。这里还有潮汐池[1]，藏着蜗牛、海藻和藤壶。不过，阿加西最喜欢的应该是散落各处且犬牙交错的淡黄色巨石，有些高达十五英尺[2]，上面的划痕透露了大约两千年前冰川移动的方向。最后，我们当然不能忘记拍打着海岸的大海，这块碧蓝色的托盘为小岛呈上了无尽的资源：海星、水母、牡蛎、海胆、鳐鱼、鲨、海鞘、生物光[3]，以及各种或华丽或黏糊或闪光的鱼。在这里，一个博物学家绝对不会空手而归。对一个希望利用自然进行教学的人来说，这里就是金矿。

阿加西开始在岛上大兴土木建造夏令营的时候，大卫·斯塔尔·乔丹还在半个美国之外的伊利诺伊州盖尔斯堡读报纸。他最终找到一份工作，在一个名为伦巴第学院的基督教学校教科学。但其实他过得挺惨：不仅身处异乡，思想也格格不入。同事们批评他传播亵渎上帝的冰期理论，更过分的是，他让学生接触实验器材，"浪费实验材料"。伊利诺伊州很冷，在这里，地球依然是平的。大卫非常想念家乡开满野花的山谷，幸而在一个晦暗的初

---

① 海浪回流后，留在海滩岩石间的小水池。——编者注
② 1 英尺合 30.48 厘米。——编者注
③ 由生物的代谢将化学能转化为光能的现象。——编者注

春早晨，他从报纸上读到一则广告——阿加西本人讲授的"海边的自然历史入门课"。

在我的想象中，大卫一定激动得连咖啡都从鼻孔里喷出来了。不过喷出来的应该不是咖啡，因为他一生都恪守禁酒主义（不饮用酒精饮料，不抽烟，甚至拒绝咖啡因，因为后者会削弱人的感知力）。所以，从大卫鼻孔里喷出来的可能是水、花草茶或者其他什么东西，因为他不敢相信世上竟然有这种地方。他以最快的速度申请入营。短短几周后，他就收到了录取信，这是他走出伊利诺伊州的通行证，由阿加西亲笔签名。

◆◆◆

数月之后，大卫·斯塔尔·乔丹于1873年7月8日站上了马萨诸塞州新贝德福德的码头，第一次看到了大海。那一年，他二十二岁。

慢慢地，他身边聚集了越来越多的年轻的博物学家，有男有女，跟他一起站在码头。那是个美妙的早晨，海湾平静，天空湛蓝。一艘拖船驶来，准备将他们送往远处地平线上隐约可见的那个小岛。船上放下跳板，五十位年轻的博物学家一一登船。船行入海，营员们在船上聊些什么，我们不得而知，或许他们在交流有关家乡动物的奇闻逸事，又或许他们在询问各自投身的研究领域——动物、蔬菜或是矿物。大卫或许会在问到他的时候，献出自己最拿手的笑话：因为少时家中农舍的屋墙被常春藤覆盖，他"为自保成为植物学家"；也有可能他只是牢牢抓着船舷，盯着泛起涟漪的神秘浪花。他在回忆录中承认，那些年自己内向羞涩，还保持着初到异地的谨慎。因此，他很有可能故技重施，在自然界中寻找慰藉。

约莫过了一小时，拖船的引擎逐渐停止运行，船身慢慢靠向岸边。大卫可以从甲板上辨认出长长码头一端立着的人影。他这样写道：

> 没人能忘记第一眼看到阿加西的情景。我们一大早从新贝德福德乘坐一艘小拖船来到岛上，阿加西就在上岸的地方迎接我们。他一人站在码头，脸上泛着喜悦的光……他的身形高大健壮，宽阔的肩膀因岁月的重量略向前弯，宽而圆的面庞被他和善的深棕色双眸和鼓舞人心的微笑点亮……我们刚上岸就受到他的热烈欢迎。他看着我们，认定自己在众多候选人中做出了正确的选择。

与每一位学生握手致意之后，这位"伟大的博物学家"领着他们到山上参观新建的宿舍大楼。楼体尚未建成，工期比阿加西预想的要长一些。窗玻璃还没装，墙面板也没有；他原本计划用隔断墙分开男女寝室，现在不过从椽子^①上垂下一块帆布凑数。

一些学生被眼前的景象吓到了。弗兰克·H. 拉廷是从罗切斯特来的观鸟人，他觉得这个小岛"与世隔绝"又暴露在风吹日晒中，简直与地狱无异。"站在这座岛上一眼望去，"他写道，"毫无吸引力。一开始我几乎没法说服自己好好待下去。"

然而，眼睛是个很有意思的器官，会向不同的人展示不同的东西。这片裸露的荒地，似乎在用它镶满神秘贝壳、海绵和海藻的灼热沙滩向大卫发出邀请。就在其他学生忙于应酬打趣，或在一排排行军床中挑选床位的时候，大卫溜到岸边，第一次用手指撩起海水。他捡起一块光滑的黑石，然后又捡了一块绿色的，脑中涌起他这一生会反复经历的慌乱："这是角闪石吗？这是绿帘石吗？怎么区分呢？"

过了一会儿，他被叫去谷仓，和大家一起吃早午餐。谷仓里的羊几天前才被赶出来，随后被挪进去的是四条腿的餐桌，所以这里的味道混合了甘草、尿液和青草味——生命的味道。蜘蛛网和燕子窝依然霸占着房梁，这就是他们在这个夏天的主要上课地点。学生们在长桌边就座，边埋头吃饭边聊天。有可能就是在吃这顿饭时，大卫注意到了有一头耀眼红发的苏珊·鲍文，一位来自马萨诸塞州的年轻的博物学家。两人会在这个夏天越走越近，

---

① 放在檩上架着屋面板和瓦的木条。——编者注

一起就着月光探索佩尼克斯岛的海岸，双脚滑入漆黑如夜的海浪；一群绿色荧光生物突然被激起，像烟花一样在水中绽放。

这一餐即将结束的时候，阿加西起身致欢迎辞。据大卫描述，那是一份让文字失色的动人祝福。"那个早晨阿加西说的话，后人无法复述。"

幸好，著名诗人约翰·格林利夫·惠蒂尔当时也在场，他的看法显然与大卫相左。后来惠蒂尔发表了名为《祈祷者阿加西》的诗作，我们得以由此了解那份欢迎辞的细节。诗作从设置场景开始，"佩尼克斯岛上，碧蓝的海涛在回响"，接着进入正题，阐释阿加西的主要观点，即收藏的重要性：

> 主人对年轻人说：
> "我们齐聚一堂追寻真理，
> 手持忐忑的钥匙，尝试揭开门后的奥秘。
> 经由他的法则，我们触碰
> 根源的裙裾。
> 他，无尽的混沌，
> 难以名状的唯一，
> 所有光明的光源，
> 生命之生机，力量之动力。
> 我们用无知的双手
> 摸索追寻，

目力所及的象形文字背后

幽微的意义。"

我不擅长读诗，但是要我来解读这首诗中首字母大写单词的
含义的话，那么这些分类学家在把玩他们宝贵的杂草、石头和蜗
牛的时候，他们真正追求的是……

难以名状的、唯一的、幽微的，作为光源、力量和真
理的……

上帝！

确实如此，阿加西用他的文字明确表达了这一点：他认为
每个物种都是"上帝的旨意"，而分类学的作用就是按照恰当的
顺序安排这些"旨意"，并且"用人类的语言传达……造物主的
旨意"。

阿加西坚信，自然界中隐藏着上帝所造之物的等级森严的体
系。对其进行收集分析，人类便能获得道德上的指引。自然界
中蕴含着道德准则，一种层级体系、阶梯或者说完美的"等级"，
而这一理念早就扎根于我们的脑海中。亚里士多德首先提出神圣
阶梯（随后被译成拉丁语 scala naturae，即"自然阶梯"）的理念：
所有生物都按照从低等到神圣的顺序依次排列，人类在最高层，
往下分别是动物、植物、岩石等等。阿加西认为，揭示这一阶梯
的所有细节，不仅能够看清神圣造物者的意图，甚至还能探知再
进化的方法。

在阿加西看来，其中的一些层次结构再清楚不过了。以姿态为例，人类双脚站立"望向天堂"的姿态揭示了其在阶梯上的高位，鱼类则"躺在水中"。另一些层次结构更为隐秘。例如，鹦鹉、鸵鸟和夜莺，谁的级别最高？阿加西认为，如果能搞清楚这一点，我们就能知道对上帝来说什么更重要了：语言、身形抑或是歌喉。该怎么解开这一谜题呢？这就有意思了，需要引入显微镜和放大镜。利用阿加西认定的衡量有机体的客观手段，如"有机体结构的复杂性或简单性""它们同周围世界的关系"等，我们得以确定有机体的恰当次序。比如，蜥蜴就比鱼高等，因为它们"对后代倾注了更多关怀"。而寄生虫明显是低等生物，所有寄生虫都不例外。看它们的存活方式就知道了：白吃白喝、坑蒙拐骗。

不过，阿加西认为，最有价值的东西藏在皮肤之下。在佩尼克斯岛授课时，他会警告学生不要被外表——鳞片、羽毛或棘刺——所蒙蔽。这些表面的东西是一种障眼法，会将人引入危险的歧途，让分类学家误认为两种毫不相干的物种之间存在联系（比如刺猬和豪猪：从外表看，两者很像，但从本质上来说，它们相去甚远）。阿加西说，接近上帝的最佳途径就是一把解剖刀，划开皮肤，窥视内部。在动物的骨头、软骨和肝胆中，我们得以发现它们之间"真正的关联"。到了这一步，神圣旨意才能大白于天下。

拿鱼来说，此时此刻，在谷仓之外，所有的鱼儿在游弋。从海里捞出一条，剥去鱼皮，就能看清上帝传递的信息。"知晓人类的生理属性源自……鱼类，我们才能认清自身可能面临的退化和道德悲剧。"阿加西写道。在他看来，鱼类如出一辙的骨骼构造（小小的头骨、脊椎和肋状突起）就是对人类的警告。鱼类是一个长有鳞片的警世钟，告诫人类这就是沉溺于基本生存需求的下场："将人类（与鱼类）区分开来的道德和智力天赋，由人类自身操控……人可以堕落到欲望的最底层，也能升华到精神的高地。"上了年纪之后，阿加西固定物种层级的理念稍有松动，并引入名为"退化"的概念。他担心，即便是最高等的生物也可能从高处坠落，一不留心，坏习惯就会导致某一物种在生理和认知层面的退化。

就这样，阿加西将自然当作待解读的神圣文本。即便是最无趣的蚯蚓或蒲公英，对有好奇心的人来说，都能在精神和道德上提供方向。把这些信息聚集在一起，我们便能勾勒出神圣计划那错综复杂又令人生畏的轮廓。上帝之道包罗万象，他不仅向我们展示了所有生物的等级顺序，还提供了通往天堂的路线图，尽管这幅图是以一套晦涩难懂的道德标准绘制而成的。

"燕子在柔和的（夏日）微风中飞进飞出，它们不知道这里不再是一间谷仓，而是变成了一座圣殿。"大卫·斯塔尔·乔丹写道，他终于能够用自己的语言讲述这段经历。

阿加西把粉笔头摁在黑板上写下这句话：实验室是圣地，亵渎之物不得入内。这堂课结束的时候，他让学生低头默默思考这次夏令营授课的严肃性。用诗人的话说，连鸟儿都乖乖照做了。
唯一敢违抗这一命令的，只有谷仓外的海浪。

"庄严的静默"结束后，阿加西告诫学生们，要是不珍惜在
岛上的时光，那就打道回府。

◆ ◆ ◆

在我的想象中，那晚大卫躺在行军床上，盯着头顶的木梁，
感觉自己的世界被打散重组。是的，他终于得到了能够让他的母
亲、邻居和同学信服的话语——他们一直对他的坚持无动于衷。
他对花儿做的那些事情不再是"无意义""浪费时间"或"游手
好闲"，而是"最高等级的传教工作"，一如阿加西本人定义的那
样。他在解码上帝的计划，揭示生命的意义，很可能会从中找到
让社会变得更好的途径。我想象他呼吸急促、陷入狂喜，眼睛盯
着椽子，然后意识到，即便是试图辨认那根木条来自松树、雪松
还是橡树，都是世上最有意义的工作。他的童年回来了。此时大
卫一定心跳加快、欣喜不已……所以才没听到床单摩擦的声音。

女性身体发出的窸窸窣窣的声音就在几毫米之外，仅仅隔着
那片薄薄的帆布。发出这声响的红发女人，此刻正褪去衣服，盖
上被子。一定是皮肤和被褥摩擦发出的声响启发了几位男士，他
们把枕头放进被单，然后把这一团东西从那（尚未判定来自哪种
树木的）椽子上扔了过去。有些女士叫了起来，有些女士不满地

抱怨。第二天早晨，根据大卫的描述：

> 阿加西看上去十分严肃。早餐的时候，他起身宣布，六位年轻男士（被阿加西点出名字）将于十点乘坐汽船离岛。男士们的申辩声此起彼伏："女士们并不介意""那不过是个同学间的恶作剧，没什么好担心的"。阿加西不为所动。"我们来到这里是为了严肃的事业，"他说，"此时此地容不下恶作剧。"

那六位男士羞愧地坐上返家的汽船。大卫很快也登上了一艘多桅小帆船，心中的骄傲随着船上的渔网和水桶一起咔嗒作响。初次登岛的那个早晨，大卫观察海岸线并试图辨认石头的样子引起了阿加西的注意，于是他和其他几位被选中的营员一起加入首次打捞之旅。"在这儿，我第一次接触到海鱼，"大卫欣喜地说，"它们千奇百怪，什么种类都有。"在甲板上扑腾的这些鱼，他暂时还叫不上来名字，那时它们对他来说还是个谜，是闪闪发光的带鳞片的线索，很快就会带他走进一个他即将穷尽一生去揭开的谜题。

第三章 〜〜〜〜〜〜 **无神论间奏**

　　或许科德角①是催生存在主义的沃土，或许那里的沙土中含有催化形而上学的金属，我也不清楚。我只知道，我自己也在那里经历了世界观的重构。这一切发生在我七岁的时候，有意思的是，从那一刻起，我注定陷入对大卫·斯塔尔·乔丹的痴迷，在我的人生分崩离析之时，他注定会是那个我向之求助的人。

　　那是一个初夏清晨，我和家人在马萨诸塞州的韦尔弗利特度假，这里与佩尼克斯岛的直线距离不过五十英里。

　　我和爸爸站在露台上，轮流用一副笨重的黑色望远镜观望前方黄绿色的沼泽地，试图辨认远处芦苇丛中的一个小白点。爸爸个子很高，那会儿他还蓄着大胡子，顶着一头浓密的黑发。他穿着牛仔短裤，光着上身，露出总是长着淡淡绒毛的可爱肚皮。屋里其他人，我妈、我的两个姐姐和我家的几只猫，还在睡着。我没法让镜头聚焦在白点上，于是把望远镜递还给爸爸，然后继续盯着那个白点沉思。那是一只天鹅，或者一个浮标，还是别的什么更有趣的东西？突然间，忘了出于什么原因，我向爸爸发问："生命的意义是什么？"

　　或许是因为眼前的沼泽地一直绵延至海边，而海又绵延至我无法知晓的某处——海的尽头，帆船倾覆的地方，我在心里勾勒出这样的画面。我突然想弄明白，我们究竟在做什么。

　　爸爸安静了一会儿，在望远镜后面挑起一边黑色的眉毛。然

---

① 美国马萨诸塞州东南部半岛。——编者注

后，他朝我咧嘴一笑，大声宣布："什么都不是！"

从我出生起，他似乎就一直在焦急地等待，等我最终开口问这个问题。他让我知晓，生命没有意义，无所谓意义。没有上帝，没人在看着你或关照你；没有来世，无所谓命运和计划。不管谁告诉你生命有意义，都不要相信。这不过是人们臆想出来的自我安慰之语，用以驱散那可怕的感觉：一切都无关紧要，你无关紧要。但事实就是如此，一切都无关紧要，你无关紧要。

接着，爸爸拍拍我的头。

我不知道当时我的表情是什么样的，面色苍白、毫无血色？那一瞬间，我感觉天地间一床巨大的羽绒被突然被扯开了。

爸爸对我说，混乱是我们唯一的统治者。那是无言的力量形成的巨大旋涡，它在无意间造就了人类，也会随即将其摧毁。它的眼里根本没有我们，我们的梦想、目标和最高尚的行为都不值一提。"牢记这一点，"爸爸指着露台下的松针土说道，"不管你觉得自己多么与众不同，你实际上和一只蚂蚁没什么区别。你可能比它大一点，但你依然无足轻重。"他顿了顿，研究了一会儿脑海中的层级结构图。"不对，我见过你松土的样子吗？见过你啃噬木头加快其分解进程吗？"

我耸了耸肩否认。

"我从没见过。所以按理说，在这个星球上，你还没一只蚂蚁重要。"

接着，为了更好地表达自己的观点，他张开双臂。我以为他要拥抱我，然后说："开玩笑啦，你当然重要！"然而，他却说："好，现在想象这是所有的时间。"他在胸前模拟了一条巨大的看不见的时间线。"人类存在的时间不过这么长！"说到"这么"两个字的时候，他煞有介事地捏住指头。"我们可能很快就消失了！如果你将视角扩大到地球之外，那……"他感叹道，"我们真的什么都不是。宇宙中还有其他行星，行星之上还有更多的'太阳系'……"

我不确定这是不是他的原话。但将近二十年后，听闻天文学家尼尔·德格拉斯·泰森的名言"我们是一颗微粒上的一颗微粒上的一颗微粒"时，我觉得这就是爸爸的心声。而当时只有七岁的我没法用语言描述回荡在胸中的凉意："那这一切又有什么意义？还上学干吗呢？何必把通心粉粘在纸上呢①？"我静静地观察，用我的童年时光观察爸爸的言行，自己去寻找答案。他是个精力充沛的人，一位生化学家，用颤抖的双手研究离子这种为所有生命活动赋能的带电粒子——心跳、闪电，甚至是离子的自身活动都需要电能。他开车从不系安全带，写信从不留回信地址，还会在禁止游泳的地方畅游。一天，他回家后宣布，他再也不打算穿带袖子的衣服了，因为袖子总会带翻他的试管。他拿起剪刀，怒气冲冲地对着衣柜发泄一通。接下来的好几年，他上班的打扮都让人一言难尽，说好听点，他就像个搞学术的海盗。

---

① 即将或已经过期的通心粉常被用作儿童手工的材料。

他特别疼爱我家的狗（它调皮得很），拒绝按食谱喂它，总喜欢让它尝试实验室里剩下的各种试验对象，例如青蛙的腿和电鳗的器官。尽管我妈已经明确表示，她只能接受让狗吃老鼠肝脏，不准带着油腻的纸袋进入厨房大肆煎炒，可爸爸却依然如故。有一次，我和他一起去养老院看奶奶，刚要穿过大门，一位坐轮椅的老奶奶不小心挡住我们的去路。"慢点儿！"爸爸大声叫道，接着倒在地上，脸滑稽地扭作一团，装作被撞得不轻。我尴尬极了，生怕他真的把这位可怜的老人家吓死，但是，老奶奶的眼中闪过一道光，脸上也绽开笑容。我这才明白，她能听懂爸爸的笑话，也渴望这样的笑话，渴望被看作一个能开玩笑的人。

"你无关紧要。"爸爸每走一步路，每吃一口饭，似乎都是受这句话的驱使。所以，他想怎么活就怎么活。他骑摩托车骑了好多年，他大口大口喝啤酒，他一有机会就跳进水里，而且一定是肚子先落水。他好像只接受一条谎言，以限制自己走向贪婪享乐的极端，而且那条谎言已经成了他的道德准则：尽管其他人也无关紧要，但还是要好好对待他们，让他们觉得自己重要。

他几乎每天早晨都给我妈冲咖啡，五十年如一日。他全心全意地对待自己的学生。他在我们的餐桌上刻满数字，那是他颤抖的双手刻下的真凭实据，见证他帮助我和姐姐们理解数学之美的无数个夜晚。

冷酷的现实让他的生命充满活力，他度过了精彩纷呈的一生。我穷尽一生试图模仿他，脚蹬小丑鞋迈开虚无的步子，正视我们的虚无，并且摇摇摆摆地迈向幸福。

但我学得并不像。

"你无关紧要"这句话，常常将我带向另一个方向。

◆ ◆ ◆

别为此心烦意乱。加缪估计，大多数人时刻都把这句话放在心上。这剂针对痛苦的解药是那么诱人，18 世纪的诗人威廉·考柏曾称之为"绝妙诱惑"。

而我，是在上五年级时感受到了它的召唤。那时我大姐在学校被欺负得很惨，被迫退学。我可爱的姐姐，遗传了爸爸的黑发，一副红框眼镜架在黑色的眼睛上，一笑就露出闪亮的牙套。她很容易感到焦虑，没法理解那些社交暗示，沮丧时会甩动自己的手，甚至拔睫毛和眉毛。我恨她的同学，为什么不能对她好一些？为什么不肯放过她？想到她走过学校的一条条走廊，却找不到一双眼睛能给予她庇护，这样的场景让我心绪难平。有时，我真想把这一切都抛在脑后。

我试着像爸爸一样自我安慰，享受大地的乐趣，玩泥巴、萤火虫和水坝。我可喜欢搭雨水坝了！有一次，我挖了一条特别棒的排水沟，甚至引来一只鸭子！然而，升入中学后，学校走廊的恶意开始针对我。"你的锤子呢？"男孩们会这么嘲笑我，用力拉扯我木工裤上的圆环。我把棒球帽压得很低，但这一举止同样招来了他们的嘲笑。他们还叫我"杰瑞",让我不明所以。九年级的时候,我从一群男孩身边经过,他们叫着:"七!"显然是在给经过的女孩打分数。七分,我想,还不错!后来我才明白,七指的是他们喝七瓶啤酒才愿意同我发生关系。七瓶,就是彻底的溃败,完全不值得他们接触。

我认识一个女孩,她比我勇敢,是个狠角色,会反过来嘲讽那些男孩。我知道自己遇到的问题微不足道,但是我心中没有那种东西,虽然我说不清那是什么。在我需要骨气的时候,内心只有一盘散沙。

我又长大了一些,我姐姐的情况却越来越糟。她试着在社区大学读书,却和室友闹僵,只得回家住。她好不容易获得学位,却没法维持稳定工作。收银员工作让她紧张,图书馆又太安静。回到家,面对妈妈的担心和爸爸的失望,她只能躲在卧室门后大喊大叫。我想象她化身为一股孤独和眼泪的旋风,再次现身时,她脸上全是眉毛和睫毛。我被吓到了,不是因为这景象看上去诡异,而是因为我知道自己心中也蛰伏着同样的悲伤,但我只会在皮肤上刻下条条伤痕,如此发泄而已。

爸爸对我俩失去了耐心,他迫切希望我们能重新振作起来,重拾生命的美好,在生命终结之前尽情享受。"由此观之,生命何等壮丽恢宏"[1],挂在爸爸实验室书桌上的这句达尔文名言,是

---

[1] 本书中引用的《物种起源》原文,部分摘自苗德岁译本(译林出版社,2013),部分有改动。——编者注

一种无声的斥责。用棕色花体字写的这句话，装裱在上了清漆的木质画框里，是《物种起源》这本书的最后一句。这是达尔文的情话，对抹去了上帝的存在表示歉意；也是在许诺，只要你观察得足够仔细，就能发现生命的壮丽恢宏。但有时候这句话像是一种谴责：如果你看不到生命的壮美，你真该感到羞愧。

每当爸爸情绪低落，或是结束了一天漫长的工作，肚子里灌满啤酒或者波本酒时，他会迈着沉重的步子走到楼上，告诉我们他受够了。他会抛开让别人觉得自己重要这一准则，大声摔门，摇动我们的身体。有几次他狠狠地扇了我姐姐一巴掌，在她脸上留下粉色的掌印。气氛逐渐紧张时，我妈妈便会流下眼泪。我二姐曾经是全家人的精神支柱，后来不出意料地离开了家——在我升到十年级的时候远赴马里沙漠求学。

那时，我感觉自己没什么地方可去：外面的世界只有充满恶意的学校走廊和空空的地平线，家里只有砰然关闭的门。"看不到任何光亮"，1999 年 4 月 8 日，我在日记中写道，那天我刚满十六岁。第二天放学后，我开车去了沃尔格林连锁药店，找到店里卖安眠药的那排货架。有些药的包装是浅蓝色，有些是深蓝色，有些是紫色，都用纸一般苍白的星星来展示催眠功效。我拿了几瓶薰衣草色的药瓶，藏在外套里，不想引人怀疑。

回家吃晚饭的时候，我感觉轻松多了。待到整栋房子都睡去，万事俱备：爸妈蜷缩在一起，两人睡着的时候才不会吵架；大姐像鱼一样睁开的眼皮终于在夜间闭上；二姐睡在非洲中部一个比家更好的地方；小白狗查理也睡了。我蹑手蹑脚地走进地下室，那时我还不知道，动物在死之前会给自己挖个洞。我只知道，我想在地下室死去。我煞有介事地去掉每颗药片的塑料包装，一分钟一颗。即便是无神论者也需要仪式感。

再次醒来时，我的眼前一片明亮，耳边传来护士的羞辱，妈妈忧心忡忡地坐在医院椅子上，卫生纸垫在我屁股下，目力所及是聚苯乙烯泡沫塑料搭建的格状天花板。我心想，这种材料看起来真像苏打饼干。那是我服药的第二天。一位心理医生给我开了帕罗西汀[①]，我羞于服用。我被禁止参加学校的实地考察旅行，他们觉得这次出行对我来说过于危险。我服药的事情悄无声息地在学校走廊上流传开来。

我给自己买了粉色唇釉，努力挤出微笑，心里暗暗发誓下次一定会成功。我开始在脑海中幻想一个物体，一个闪光的金属物体，它定然会比药品更管用。高中结束的那段时间，我脑子里净是这个想法。

◆◆◆

然而，进了大学之后，我的世界里终于有了一丝光亮。某天在走廊上，一个看上去傻乎乎的宽肩卷发男人经过我身边。他有

---

① 一种抗抑郁药物。

一双泰迪熊般的棕色眼睛，身上散发着肉桂的味道，还是学校即兴表演社团的成员。他是社团中最棒的演员，动作舒展，用善意且诙谐的方式搞笑，在这个冷酷僵硬的世界里掀起欢笑的涟漪。我常常坐在观众席观看他的表演，并和大家一起由衷地赞叹：他仿佛世间不存在的美好。

我花了好几年时间，慢慢地通过共同的朋友和他认识，不断地给他主持的即兴说唱深夜节目打电话，让自己的舌头试着……即兴押韵！我甚至加入了即兴表演社团。终于，我在一个晚上向他袒露自己的心意，他并没有像我想的那样逃避——过去学校走廊上那些男孩的所作所为让我以为他会这么做。他吻了我。

大学毕业后，我们同居了，住在布鲁克林区。我们的公寓只有一间小卧室，不过门廊特别棒，公寓里面摆了一张红色的富美家桌子。我混到一个广播节目的制作工作，节目里讲的都是科学奇观。他则继续自己的喜剧事业——单口喜剧、即兴表演和编剧，还一边开出租车赚取生活费。我们常常在门廊喝啤酒喝到很晚，聊聊各自白天的经历，把那些尴尬和失误变成笑话讲出来。我获得了以前觉得根本不存在的东西——庇护所。它有肉桂的味道，四周是糟糕的谐音梗和韵脚组成的高墙，墙越垒越高，足以抵挡世界的寒意。我脑中满是对未来的憧憬：我们写的电视剧集，我们一起搭建的树屋，我们穿过庭院追赶孩子，小草钻进脚趾间。直到第七年，我把一切都毁了。那是一个深夜，在离他五百英里的海滩上，月光、红酒和篝火让我昏了头，我勾搭上了那个我一整晚都避免直视的人。星星把我们围在中间，我们的气息交混。我把自己的所作所为向那个卷发男人坦白，他跟我说，我们结束吧。

但我不相信他的话，不相信两人这么多年亲手建造的错综复杂的东西一下子毁在我手里。我求他再考虑一下。我向他保证，我的艳遇不过是过眼云烟，是个意外，不会再发生。可他气急了，受伤了，不想和我这种把如此神圣的东西看作儿戏的人在一起。没了他，世界一片漆黑。朋友们知道了我的所作所为，同样疏远了我。我不跟家人沟通，不想解释发生了什么。我的工作，那些我曾经满怀兴趣追寻的科学故事，也失去了光彩。它们不过是证据，不同学科的证据——化学、生物、神经学，证明一切毫无意义。

慢慢地，那绝妙的诱惑又浮现在我的脑海中。它的羽翼在召唤，许以最耀眼的礼物：解脱。

但是我身体的深处——终于现身的脊梁骨？抑或是我脑中一个被迷惑的角落？——萌生出一个截然不同的计划。假如我忏悔得足够虔诚、足够耐心，那个卷发男人最终或许会明白我有多么愧疚，然后重新接受我。所以我拿起了自己的武器：一支笔。我一封接一封地给他写信，我在等待，我在盼望。我学着他的样子，不时抛出蹩脚的笑话，那是我们的秘密暗号。"十二周年快乐。"2012 年的第一天，我这么写道。没有回应。一年过去，两年过去，转眼三年，我试着不去担心。窗外，寂寞飞转，愈发吵闹，热力学第二定律炫耀着它深不见底的尾巴，我努力维持着自己的信念。

这就是大卫·斯塔尔·乔丹吸引我的原因。我想知道，是什么驱使他不断举起缝衣针修补世界的混乱，罔顾所有告诫他不会成功的警示。他是否偶然发现了一些技巧，一剂充满希望的解药，用以消除世界的漠然？他是个科学家，所以他的坚持不懈背后也许有什么东西，能够与爸爸的世界观契合，我紧紧抓住这一丝微弱的可能性。或许他发现了关键：如何在毫无希望的世界里拥有希望，如何在黑暗的日子里继续前行，如何在没有上帝支持的时候坚持信念。

◆ ◆ ◆

但读完大卫在佩尼克斯岛上的经历后，我开始担心了。如果上帝是指引他度过黑暗时代的光明，那么他也帮不了我。

在大卫撞上达尔文的新观点的时候，我找到了答案。离开佩尼克斯岛后，大卫在威斯康星州阿普尔顿市的一所预科学校教基础科学。达尔文的观点在大卫小时候还是点点星火，到了这时已经发展为每一位严肃的科学家都需要应付的燎原之势。《物种起源》中充斥着各种异端邪说：地球上的所有生物都是从"一种原始类型"进化而来的；人类还在进化中，甚至有可能会走向灭绝。但对一位分类学家来说，达尔文最令人难以接受的观点就是，自然界中的物种不是固定的、永恒不变的。达尔文观察到，过去一直被人们看作同种的生物拥有那么多变种，以至于原本横亘在物种间不可逾越的界限逐渐模糊。即便是最神圣、最不可侵犯的那条界限，即不同物种间杂交的后代无法繁育的理论，也被他视作一派胡言。"我们不该认为物种杂交的后代一成不变地皆是不育的，"达尔文写道，"也不该将它们的不育性视作一种特殊的天赋或造物者的安排。"他最终宣称，物种，即分类学家大张旗鼓认定的永恒不变的等级分类（属、科、目、纲等），不过是人类自己的创造，为了"方便"在不断进化的生命路线上划出有用但武断的界限。"Natura non facit saltum"，他这么写道，意为"自然界中无飞跃"。自然没有边界，没有固定界限。

假如你是那时的分类学家，心里该有多么烦闷？听闻你手中持有的知识并非自然的拼图，而是无序的产物；它们不是神圣文本的其中一页，不是神之密码的符号，不是通往天堂的阶梯，而是不断变换的混乱片段。这观点让一些人十分恼火，地球没了希望，他们的追求也失去了意义。路易斯·阿加西到死都强烈反对达尔文的观点，他以此为主题四处演讲，称人类起源于猴子这一观点"令人恶心"。

但是年青一代的大卫·斯塔尔·乔丹思想较为开放，经过一番挣扎，他最终决定在这一议题上与"恩师"决裂。他越仔细观察自然，就越被达尔文的观点吸引——物种之间存在灰色地带，他不得不正视这一事实。"我朝着达尔文的方向走去，像被男孩吸引的猫一样高耸着尾巴，优雅地跨过地毯！"他写道。

天哪，这句话让我对大卫心生崇拜！我想用双手拥抱他的胸膛，在他脸颊上亲一下，让他知道他有多么勇敢，有多么棒，敢于正视进化揭示的近乎毁灭性的事实，然后想办法继续前行。

当然，这意味着，我可以继续将他视为人生导师。尽管挥舞着缝衣针的他看上去有些疯狂，但他如此孤注一掷，必定有着自己的理由。这意味着，否定自己过去的信仰并不一定会通向耻辱的终点。有可能，仅仅是可能，追随他过分自信的脚步，我终究能够回到那闪光的庇护所。

第四章 〰〰〰〰〰 **徒劳无功**

音乐的蒙太奇此刻奏响。首先响起的是欢快的水手号子，随之登场的是大卫·斯塔尔·乔丹，他站在一艘大船的甲板上，卷起袖子，身边是十几个头戴圆顶礼帽的男子。他们手持钓竿、长矛、拖网、三叉戟，以及任何能让他们捕获更多鱼类的工具——一切都是为了捕鱼，捕更多的鱼。

离开佩尼克斯岛之后，大卫在阿加西的祝福下认真对待收藏这一工作，将研究重点投向水面。"鱼类学文献既不准确也不完整，"他写道，"鲜有比较研究，因此该领域看似大有可为的广阔天地，实际情况也确实如此。"大卫在美国中西部不断更换教职，给自己定下的目标是发现北美洲的每一种淡水鱼。他雇了一位伙伴协助他开展工作：康奈尔大学的同学，专门研究分类学的赫伯特·科普兰，一个肌肉强健、蓄着茂密的棕色胡子的家伙。他们搬到了印第安纳波利斯市的一间廉价旅馆里，我脑海内浮现出《自然系统》的书页散落在旅馆浴室中的画面。不过我没法确定他们的住处有没有浴室，那会儿建筑的管道系统尚未完善，尤其是在印第安纳州那么偏远的地方。

他们造访各类水系、河流与湖泊，钓上来各种标本：一些有胡须，一些有尖牙，一些散发出绿藻和泡菜的混合味道。慢慢地，他们开始发表自己的分类学研究论文，阐明物种间的新关系并剔除以往研究中的重复信息，比如美洲斑点叉尾鮰（*Ictalurus punctatus*），大卫说它"先后二十八次被认定为新物种"。慢慢地，政府注意到这位蓬头垢面的西部鱼痴，并与他签订类似雇佣兵的合同，派遣他每年暑假进军美国鱼类的未知领域。他去过得克萨斯州、密西西比州、艾奥瓦州、佐治亚州、田纳西州，致力于寻找新的鱼类，在它们身上打下"由美国发现"的烙印。

1880年，大卫被派去（代表美国普查局）登记太平洋沿岸的鱼类品种。他带上了一名他较为欣赏的学生，一个名叫查利·吉尔伯特的"阳光男孩"。他们从圣迭戈出发，沿着海岸线搜寻美国的鱼类居民，波涛汹涌的大海中有太多"泛着油光"的"宝藏"，令大卫目不暇接。他在回忆录中描述了这一切：跳出水面的"重达六百磅"的巨型金枪鱼，长着"彩带一样的长长胸鳍"的长鳍金枪鱼，以及"向上飞跃八分之一英里"时翅膀会像蜻蜓一样抖动的加利福尼亚飞鱼。日复一日，他们驶过一英里又一英里。渐渐地，大卫和查利开始捕捉这些鱼，这些尚未确定身份的物种，科学档案中没有记载其踪迹的鱼：布满光点的小灯笼鱼"会在风暴来临时从海底浮上水面"；一条长有彩虹鳞片的小鱼藏在一条鳕鱼的肚子里，而这条鳕鱼则被一条长鳍金枪鱼吞下了肚；一条身披黄色条纹的亮红色鱼被他们戏称为"西班牙国旗"。

他们连着好几个月在海上搜寻，在圣迭戈过圣诞节，在圣巴巴拉过农历新年，3月他们搜遍了蒙特雷半岛。大卫尽量把自己的注意力放在鱼类身上，但他的目光还是会不时投向植物。他总是忍不住叫出沿途树木的拉丁语名，比如 *Cupressus macrocarpa*（大果柏）和 *Pinus radiata*（蒙达利松）。他给途中看到的每一种生物下定义。太平洋细齿鲑："最好吃的鱼"；银槭："二级遮阴树"；盲鳗因为其谋生之道——扑到猎物身上，钻入其体内，贪婪地吞食鱼肉——被列为最糟糕的一类：黏液覆体的"海盗"且"习性恶劣"。

作为路易斯·阿加西曾经的学生，大卫像自己的老师一样检视沿途遇见的生物，寻求道德上的启示。他把阿加西尚未成形的"退化说"和达尔文的进化论搅在一起，并发扬光大。在他看来，黏糊糊的盲鳗证明了懒惰或寄生等"坏习惯"能让一个物种退化、衰退或"变得更糟"。大卫在一篇科学论文中表示，海鞘从较高等级的鱼类"倒退"为披有囊包且滤食生活[1]的固着动物[2]，就是因为"无所事事""不活跃及依赖性强"的综合作用。大卫并不清楚导致这种衰退的具体机制，但海鞘对他来说是个明确的警告，一则关于懒惰的警世故事，一个名副其实的废物。

大卫和查利沿着海岸线一路向北，检查每一块海域，同时学习渔夫们不同的捕鱼方式。圣迭戈的中国渔夫用细网捞起满满一兜渔获；圣巴巴拉的葡萄牙渔民站在岩石上，将手中的三叉戟掷向海浪；就连海鸥和鹈鹕也能令人眼红地精准俯冲捕食。这些技巧大卫能学就学，不能学就偷。他一头扎进中国鱼市，贪婪地搜寻未知物种，他剖开鸟和鲨鱼的肚子，寻找漏网之鱼。仅这一

---

[1] 靠特有的滤食器官滤取水中的悬浮有机质（浮游生物、细菌、腐屑等）为食。——编者注
[2] 固着于他物而生活的动物。几乎均限于水生动物，其幼体多营浮游生活，固着而成为成体。——编者注

趟，大卫和查利就命名了八十种新的鱼，生命之树上的八十个分权揭开了神秘面纱；八十个新物种在他们说出种名的那一刻终于诞生，它们是扇形泰勒灯鱼（*Myctophum crenulare*）、细盗目鱼（*Sudis ringens*）、红缚平鲉（*Sebastichthys rubrivinctus*）等等。

八个月之后，大卫回到印第安纳州，这次他来到了布卢明顿。在这里，他获得了一份固定教职，成了印第安纳大学的一名基础科学教授。与此同时，大卫完成了一件曾经看似困难的事情：他结婚啦！新娘就是他在佩尼克斯岛上遇见的红发植物学家苏珊·鲍文。大卫说服苏珊离开家乡，离开马萨诸塞州苍翠的伯克希尔山，随他来到印第安纳州。她带着些许惊恐搬了家，印第安纳州对她来说就是一片狂野的西部，这里尚未被开发，远离家乡，且没有规则。但是她爱大卫，爱他拥抱世界的样子。婚后不久，他们有了孩子，先是伊迪丝，接着是哈罗德，最后是托拉。在印第安纳大学任教仅六年，也就是在大卫三十四岁的时候，校董事会请他担任该校校长。大卫接受任命，成为全美最年轻的大学校长。大概在同一时期，大卫留起了胡子，仿佛鼻孔下横着的两条尖牙。

当然，这不过是猜测。但一个人怎么能够这么快从默默无闻——因自己的追求被世人嘲笑甚至侮辱——转变为受人追捧呢？我想象中的大卫隐忍且阴郁，风尘仆仆、脸色苍白。他悄悄地从你身边经过，慢慢地被那光、那空气、那闪耀的东西填满，而这一切都与目标有关。

目标让一个生命焕然一新。

尽管达尔文抹杀了上帝之光，但在大卫心中，他的鱼类捕捞事业依然神圣。在他看来，自己依然在这一过程中勾勒出等级阶梯的形状，进而揭示所有动物和植物的秩序——不过现在他相信，这种安排是由时间而非上帝造就的。尽管如此，这一阶梯背后的秘密依然重要，依然具有深远意义。仔细研究被解剖的鱼类时，大卫认为自己依然在揭晓真正的创世故事，即生命需要经历怎样的试炼才能成为人类。这些线索蕴含在其他物种偶尔的过失和成功之中，大卫认为，寻找这些线索或许能够帮助人类再度进化。这与阿加西的使命如出一辙，只是不受造物主掌控。

大卫在这条路上不断取得进展。他的团队，那些高大魁梧的戴眼镜的分类学家们，一直在发现新的鱼类，种类多到他们来不及命名的程度。科学家们把鱼类保存在一罐罐乙醇溶液中，然后送到大卫位于科学楼顶层的封闭的实验室里，堆在室内的架子上。上千个神秘物种，越堆越高，等待着神圣的命名仪式。

直到 1883 年 7 月的一个深夜，宇宙伸出双手，掰响手指的关节，于是那些藏在空气里的一团团离子咔咔作响，放出一道闪电击中电话线。火花蹿进大卫实验室楼下的办公室，烧着了几张纸，接着烧着了更多纸。火舌蔓延至墙壁，最终蹿上了那些安放大卫的宝贝罐子的架子。尽管乙醇善于阻止宇宙的腐烂势头，但它却是火的内应，那些罐子像一颗颗微小的炸弹般炸开，鱼的标本瞬间升华为气态。所有的标本都被毁了，那些未命名的物种很可能再难寻觅同类，但这还不算完。同样被毁的还有大卫多年来费尽心血制作的一份秘密文档，一幅揭示前所未见的生命之树分支的藏宝图。这幅图如同一盏巨大的吊灯，有着繁复的分支，饱含大卫的个人见解，展示了物种间的进化关联，如今却付之一炬。负责评估损失的记者没法掩饰自己的悲痛。"一个小时的大火几乎毁了他一生的心血。"这位记者在《布卢明顿电话报》中这样写道。

但大卫没有因灾难而停下脚步。他拍去身上的灰烬，再访美国的各个水域，重新收集被毁掉的标本。他没有纠结浪费的时间，没有想过，试图在混乱统治的世界里建立秩序，是一件多么徒劳无功的事情。他声称整场浩劫只给了他一个教训。是什么呢？保持谦卑？设定比记录北美洲的每一种淡水鱼更合理的目标？"立马发表（新发现的物种）。"他这么写道。啊，这教训原来是"比过去更努力"。

当悲剧击中大卫的个人生活时，他也以同样的方式应对。火灾后不过两年，11月的一天，他的妻子苏珊感染咳疾，红棕色的头发被发热的汗水打湿。几天后，她就去世了，死因据女儿伊迪丝解释，是一场"让乡下医生束手无策"的肺炎。

大卫又一次快速地做出反应。他大费周章地订购白色菊花，用以覆盖苏珊的棺材；他发表感人肺腑的悼词，回忆两人对分类学的热爱——他们在佩尼克斯岛的海滩上漫步，"在微生物的作用下，海水像布满星辰的天空一样闪亮"。他甚至有可能告诉自已这是苏珊希望的结局，在两人寻求崇高秩序的这一过程中遗憾伤亡。

大卫还有他的鱼需要关心，他立即回到野外，重新收集火灾中被损坏的标本。苏珊去世不到两年，大卫再婚，新娘是一位名叫杰西·奈特的大二学生。对大卫来说，这段婚姻在很多方面都有进步。已故的苏珊对大卫的旅行颇有怨言，曾在信中表示她感到孤独，讨厌大卫总是不在家中，而杰西只求与大卫同行。她年轻且精力十足，黑色的眼睛让大卫倾倒。他看着这双被他形容为"黑曜石般"的眼睛，寻找一个游荡在她基因中的遥远身影——某个"来自西班牙的流浪者"？某个施"巫术"的人？"某个Doña Plácida①"？遗传成了大卫观察世界的镜头，这正是他试图通过鱼类揭示的东西——特质如何传递，某些生理属性如何透露出进化方面的关联。面对人的时候，他也无法摆脱这种惯性。

十八岁的杰西一到布卢明顿，就把大卫年纪较长的两个孩子送进寄宿学校，这一举动让当时十岁的伊迪丝与继母永远对立。"那时我就知道，我永远不会叫她一声妈妈。"伊迪丝在晚年的一份回忆手稿中这样写道。家里最小的孩子托拉不会成为杰西的麻烦：在苏珊去世后不久，她因不明原因的疾病随之而去。

家里没了孩子，自由的杰西加入了大卫的标本收集之旅。照片里的她戴着一顶招摇的贝雷帽，挂着望远镜，脸上满是害羞的

---

① 西班牙语，意思是"安静的小姐"。

微笑。据大卫描述，每当他捕鱼时，她便会坐在不远处，倚靠在树下读书。他在回忆录中坦言："她的陪伴对我的意义，无法用言语表明。"

◆ ◆ ◆

大卫认为，迅速从闪电造成的火灾和苏珊去世这两件事中恢复，让他铸就了一面"乐观之盾"。他猜测或许这与自己的身高有关。大卫发育良好，身高六英尺二英寸①，在那时可以算是巨人了。同一时期，美国男性的平均身高是五英尺六英寸②。不管出于什么原因，大卫说，朋友们都在议论他的这面盾，以及挫折看似没有让他迷茫的事实。他的一个同事开玩笑说，不管日子多么难，他们总能看到大卫"哼着歌在拱廊下行走"。

"厄运只要过去，我便从不为其担忧。"大卫解释说，他的语气中有满不在乎的意味。

此时，加利福尼亚州一对富有的夫妇听说了大卫·斯塔尔·乔丹——一个开朗活泼、体格高大的巨人，有数百个科学发现的荣誉在身。这对夫妇名为利兰·斯坦福和简·斯坦福。1890年的一天，两人直奔布卢明顿，询问大卫是否愿意担任他们在帕洛阿尔托的农场上创立的一所小型学术机构的首任校长。大卫对

---

① 约合 1.88 米。——编者注
② 约合 1.68 米。——编者注

这份工作很感兴趣：薪水丰厚，学校所在地气候宜人，加上他自己许诺要再访太平洋里那些滑溜溜的宝藏。唯一的顾虑是斯坦福夫妇。利兰·斯坦福是共和党议员，在多数人心中是一位强取豪夺的巨头。他的妻子简，没受过什么教育，热衷于通过灵媒与她过世的儿子联系。大卫担心，一旦接受这份工作，他就成了受人挟持的傀儡，被两个在道德和智力上都不如自己的人驱使。但是……加利福尼亚州的天气……丰厚的薪酬……1891年，大卫宣誓就任斯坦福大学首任校长，那一年，他只有四十岁。

◆ ◆ ◆

　　大卫一到帕洛阿尔托就发现，说服斯坦福夫妇允许他按照自己的意愿去使用他们来路不明的财富，并非什么难事。他随即在蒙特雷半岛的靠海处建立了一个全新的海洋研究机构——霍普金斯滨海实验室。这一机构模仿阿加西在佩尼克斯岛设立的夏令营，将直接观察奉为金科玉律。建筑物上的窗户多过墙面，海水顺着管子流进教室。大卫招募了许多朋友和学生来斯坦福大学的理学院系任职。查利·吉尔伯特，曾经的"阳光男孩"，如今已经是一位"出色的"分类学家，大卫任命他为动物学系主任。大卫还把自己新收集的鱼类标本运来：罐子摇晃，鱼眼翻转，伴随着火车的行进声，这些标本越过白雪皑皑的高山。它们随后被放进斯坦福大学最雄伟的建筑中——一座牢固的砂岩巨兽，四周环绕着宽阔的拱廊，顶部是充满节日氛围的黏土瓦防火屋顶。在建筑的正前方，一座大理石雕像矗立在主入口。那是一位蓄着茂密络腮胡、胸膛宽厚的著名自然学家，手里拿着一本书。猜猜他是谁？

当然是路易斯·阿加西。

放这座雕像其实是斯坦福夫妇的主意——两人一直仰慕阿加西的教学理念，这让大卫欣喜若狂。制作雕像时，阿加西的名声不是很好，这似乎没有影响到大卫的心情。阿加西不仅没有接受进化论（相信进化论在那时是傻子的标志），还依据对自然等级的信仰，提出了科学史上最令人厌恶、最具毁灭性的谬论。直至临终，阿加西都是多祖论最笃定的支持者。该理论认为，不同人种属于不同物种，特别是黑人，属于低等人类。他广泛且主动地宣扬这一观点。在美国内战期间，林肯政府向他征求意见，他给出的说法是，黑人一旦获得自由，就应当与白人隔离，因为他们没法与白人和平共处。阿加西以莫须有的措施和想象中的等级为依据，认定黑人在生理上就"不适合"在文明社会中生存。这并非他们的错，仅仅是一项科学事实：黑人天性过于"幼稚""感性"且"耽于玩乐"，处于固定的生命阶梯的较低层级。

而阿加西的这些理论并没有让大卫感到不快。雕像矗立在大卫的科学"避难所"的入口处，这让他感到欢欣鼓舞。大卫说，他可以原谅阿加西对达尔文的排斥，因为，他辩称道："（阿加西）教会我们独立思考。"他似乎并不担心自己的头脑可能受到

SAMWORTH·

我放弃了鱼类，得到了一把万能钥匙。这把鱼形的万能钥匙，
让我从世界的规则框架中跳脱出来，步入更自由的世界。
在那里，鱼不存在，天空下着钻石雨，
每一朵蒲公英都充满无限可能。

《鱼不存在》露露·米勒 著

"某些人种带有生理缺陷"这一想法的影响。大卫继承了哥哥鲁弗斯的衣钵，一直被视为一名废奴主义者；或许他觉得，这一点足以让自己对阿加西的想法免疫。

◆◆◆

大卫和杰西搬进一间距离科学楼没多远的小石屋，他们把它叫作 Escondite，即西班牙语的"藏身之处"。石屋掩映于一片茂密的桉树林里，两人在散发着松树和薄荷香味的清新迷雾中构筑自己的伊甸园。大卫种下几棵无花果树、苹果树和柠檬树，栽上几丛火棘、仙人掌、南瓜和各类热带花草。这里的植物来自"世界各个角落"，"最终长成毫无章法却令人愉悦的丛林"。大卫还带来一只猴子，给它起名鲍勃，随后他又搞来两只鹦鹉（一只说西班牙语，一只说拉丁语）、一窝喵喵叫的小猫和一只大嘴巴的大丹犬。大卫声称，条件适宜的时候，待猴子安静下来，递给它缰绳，它就会像骑马一样骑着大丹犬到处逛。很快，大卫和杰西搬进更大的房子，两人的奇幻动物园又添两位人类成员：奈特和芭芭拉。

芭芭拉让大卫着迷。她继承了杰西黑曜石般的眼睛，大卫开始叫她"黑眼睛清教徒"，并且用诗歌唤她："到我这儿来，告诉我实话，这双黑眼睛何时落于你身。"芭芭拉长大之后，大卫欣喜地发现，她和自己一样热爱分类学。两人会一起漫步于校园，搜寻甲虫、鸟类或花朵标本，然后对其进行分类。某天芭芭拉指着一只黑色的鸟儿，"不假思索"地将其归为连雀属，那时她才七岁。大卫认为，这证明有一个基因片段主管分类技能，未来的科学家们应当积极研究分类学天赋的遗传属性（他完全忘了家里的书架上就摆着各种分类学图书，而芭芭拉可以明显感觉到，只要展露出对分类学的兴趣，便能迅速获得爸爸的青睐）。大卫在回忆录中犯了父母常犯的错，把芭芭拉看作所有孩子中"最可爱、最聪明、最标致且最招人疼的那一个"。

身为斯坦福大学校长，大卫不再有经济上的限制，终于可以踏上过去梦寐以求的鱼类标本收集之旅。他去了夏威夷，还去了萨摩亚、俄罗斯、古巴、阿尔巴尼亚、日本、韩国、墨西哥、瑞士、希腊，甚至更远的地方。

在这段时期的回忆录中，大卫加上了各种各样的副标题："我跌入谷底！""我参加了烤猪野宴①！"（这里的感叹号是为了强调，但似乎也反映了大卫高涨的情绪。）除此之外还有："日式幽默""月之祭祀""跳船的响尾蛇""重回帕果帕果""鲨鱼和鲨鱼""诅咒上层""女士忏悔"和"进退两难"。翻到题为"杰西小姐遇上格里芬"的章节，你便会发现在他们前往萨摩亚的旅途中，杰西并没有遇见希腊神话里鹰首狮身的怪物。她看到的不过是只大蝙蝠，大卫将其认定为"飞狐"。

---

① 即 luau，夏威夷传统宴席。

　　他们在旅途中拍摄了一系列照片：戴着圆顶硬礼帽的男士们一拥而上，挤进划艇，或是在搁浅的鲸、沉船的残骸和高耸的悬崖峭壁前挺起胸膛。照片中还有飞鱼、跃出水面的鲸和正在喷发的火山。镜头捕捉到一个令人倒吸一口气的时刻：和大家一起攀登马特峰时，查利·吉尔伯特被一块落石击中。他侥幸大难不死，但头部受了重伤，被一位向导背下了山。这次，大卫罕见地承认自己感到"一阵慌乱"。他们探索新的水域，一桶桶地带回不常见的鱼类，将它们浸泡在乙醇溶液里：花鳗鲡、电鳐、肺鱼、猪齿鱼、灯笼鱼、海马、锤头鲨和比目鱼。他们在命名方面不断涌现创意，遇见难看的鱼就冠上敌人的名字，碰到好看的鱼就献出朋友的名字，并且直截了当地向他们的领导致敬。他们从夏威夷水域捕捉到一种鲜艳的热带鱼，并将其命名为乔氏丝隆头鱼，除此之外，还有乔氏笛鲷、乔氏喙鲈和乔氏虫鲽。他们发现的鱼接近一千种；人类数千年的历史中，只有大卫和他的同事能发现近千种新的鱼。

　　在大卫这种梦幻般的生活中，唯一的污点竟是让他梦想成真的那位女士，简·斯坦福。大卫担任校长后仅一年，利兰·斯坦福去世，一切事务交由简打理。她对大卫这位大个头并不感冒，并对他在鱼类上花费的时间和金钱感到担心。她希望斯坦福大学能够在其他领域取得进展，比如……关于招魂的科学研究！空气中有 X 射线——X 射线、电子和放射现象均在 19 世纪的最后几年被人们发现。简认为，这些技术或许可以在同逝去之人沟通方面获得突破。

大卫认为简的想法不可理喻，他的爱好之一就是揭穿灵媒的真面目。他经常参加旧金山的各类降灵会，想弄明白这些"骗局"的真相，揭露他们的假胡子、藏起来的电线、磁铁、喇叭、氢气和其他施展"这些戏法"的装备。大卫根本不可能把简的请求当真。相反，他开始发表文章，几乎是半公开地谴责相信这些把戏的人。《科学》和《大众科学》等杂志都刊登过大卫文笔辛辣的文章，讽刺那些声称发现了"原子的灵魂"或经历过"灵魂出窍"的江湖术士。他甚至给这个圈子起了个名字：伪科学（sciosophy），由科学和哲学的英文单词混合而成。"伪科学不需要精准、逻辑、数学等工具，也不需要望远镜、显微镜和解剖刀等设备，"他打趣道，"人生苦短，想要快速得到答案也是人性使然。"

大卫最终针对的，并不是轻易从人们身上赚取钱财的江湖术士，而是动辄上当的受骗者本身。这样漏洞百出的想法，如此"努力地相信已知的东西并非真相"，他写道，"给我们的社会带来了巨大的痛苦"。

我并不清楚简·斯坦福是否读到过这些文章，是否"碰巧"一把将这些文章从桌上拂掉，或是毫不掩饰地借此释放了一些怒气。

不管是哪种情况，简的身影——身着黑色维多利亚裙，头戴花边帽穿过校园——似乎成了大卫不愿看到的风景。每次碰见大卫，她似乎都能找出新的理由抱怨他的管理水平。简信不过大卫招来的人，觉得他任人唯亲，还将理学院系的员工称为大卫的"宠儿"。

尽管大卫需要承受这些批评、侮辱和让人痛苦的鞭笞，但他总能在鱼儿身上获得解脱。那宽广的水世界能提供无尽的宽慰，比任何酒精或药物都更能安抚人心。每次发现新的鱼类，每次捕捉的过程，每次为宇宙间不为人知的新物种命名，都让大卫深深地感到沉醉。那是舌尖上的蜜糖、无所不能的幻想、秩序带来的愉悦感。区区一个名字，便能抹去所有伤痛。

第五章 〜〜〜〜〜〜〜 **罐子里的《创世记》**

　　根据某个哲学理论，一些事物只有获得名字才能真正存在，比如正义、怀旧、无限、爱与罪恶这些抽象概念。该理论认为，这些概念并非挂在天上，等着人类去发现，而是等到有人为它们命名之时才突然成形。名字被叫出的一瞬间，这些概念就变成了"真实存在"的事物，也就是说它们从此可以影响现实。我们宣告战争、停火和破产，大声说出爱，宣称某个人无辜或有罪，一些人的生活轨迹就此改变。这些名字本身拥有巨大的力量，像一艘船将理念从想象世界载至尘世间。而在名字出现之前，依照这一哲学理论，虽然人们心中有一些相应的模糊认知，但这些具体的概念仍处于沉睡状态。

　　很多人不认同这个理论。他们对上述内容不屑一顾，并举出数学这个例子。没有我们命名，数字就不存在了吗？谁能找出一个没有 π 存在的圆？

　　但许多哲学家进一步诠释了这个让人难以捉摸的理论。特伦顿·梅里克斯，弗吉尼亚大学的一位哲学家，就对事物的存在持怀疑态度。他甚至认为，即便像椅子这样具象的事物也并不存在。他认同自己坐在粒子上，没错，但这些粒子构成了"一把椅子"吗？他不这么认为。

　　他不相信椅子、手套和人类对世上大部分物体的分类，他的孩子就在这样的认知熏陶下成长。在一次学校组织的苹果园参观旅行中，梅里克斯的女儿走向他，让他当着家长和同学的面回答，他是否认为他们正在乘坐的这辆运干草的车确实存在。他胆怯地四下看看，想要打退堂鼓，但女儿最后让他选择："这个干草车存在的论题是真是假？"他看向地面，回答道："假。"

梅里克斯说，他知道这种观点听起来相当荒谬。如果你坐飞机碰到他，他不会向你介绍自己的研究内容："我尽力避免把事情带入最容易招人取笑的境地，但实际上我认为上述观点并不荒唐。"他的理论很简单：人类的头脑并不擅长给世上的万物下定义，我们给事物起的名字往往是错的。"奴隶"就是低等人类，不配拥有自由吗？"女巫"就得被烧死吗？他以椅子为例，不过是为了展现同一种精神，提醒人们要保持谦卑，谨慎看待我们的信仰，即便只是在面对生活中最基本的事物的时候。"我认为人们如果想要进步，就必须学会思考。"

我理解他，真的多少能理解一些。我想象自己和梅里克斯坐在他的办公室里，这时我感觉他的观点很重要——虽然按他的理论，这间办公室也不一定真正存在。但是当我走出室外，回到校园里，橙色的落叶在我面前轻盈地坠落，这时他的那些观点一下子随风飘散。椅子当然存在，正如树、落叶和爱也同样存在！

世上当然有真实存在的事物，而且不需要我们用言语证实它们的存在。

一位分类学家走到水边，在鱼上方几英尺的地方，给它贴上"鱼"的标签。鱼真的会在意这件事吗？不管有没有这个名字，它仍是一条鱼……

不是吗？

不是吗?

也许未来的某一天,我能理解他的看法。

分类学家们也很看重命名这件事,这一点是确定无疑的。在一个物种首次被命名时,这份标本会被放进一个特殊的罐子里,获得特殊的荣誉。在官方的科学记录上,它被认定为该物种的唯一凭证。用分类学的行话说,任意一个标本都有自己的"模式",而这个神圣的标本(holy type)被称为"正模标本"(holotype),我们因此获得一种同音异形的乐趣。

和那些神圣的历史遗迹一样,这些正模标本被存放在安全之地,即世界各地的博物馆或学术机构中。比如,世界上第一只洛蒂斯蓝蝴蝶(*Lycaeides idas longinus*)的标本存放在哈佛大学的比较动物学博物馆;第一只现已灭绝的白垩纪海星(*Marocaster coronatus*)的标本则保存在图卢兹博物馆,这是一种小小的、有着马赛克图案的五角星动物。这些正模标本通常不向公众展示,不过假如你的请求足够真诚,对这些标本保持该有的尊重,就有机会被带去参观——站在它们面前,屏住呼吸,领略货真价实的罐子里的《创世记》。

正模标本遵循一条重要规则:标本一旦遗失,不能简单地把一个新的标本塞进那神圣的标本罐中。不,这种遗失将被尊崇、缅怀和纪念,这一物种的分支永远染上了污点,没有了它的正模标本。科学家会挑选一个新标本作为该物种的实物展品,但它已经降级为"新模标本"。

新模标本：正模标本遗失或损坏后，被挑选出来的标本替代品。

即便是科学家也需要仪式感。

◆ ◆ ◆

走廊里响起咔嗒咔嗒的声音，是脚踩在油毡地上发出的声响；我正前去瞻仰大海里唯一一种大卫·斯塔尔·乔丹以自己的姓氏命名的鱼。

这一珍贵的正模标本由史密森学会 [1] 保管，放置在距离首都二十英里外，一座体量巨大且守卫森严的标本馆中。

为了保护标本，馆内温度很低，外墙上也没有几扇窗户。空气中弥漫着一种刺鼻的乙醇味，还混合了松树与透明胶带的味道。

咔嗒声来自三双脚。我由两位在政府任职的分类学家陪同，这两人脖子上都挂着证件。

我们路过有蹄类动物的房间，动物的蹄子和角从抽屉中冒出来；路过爬行动物的大厅，其中一些标本的尾巴和地毯一样长；最后我们走进建筑深处放鱼类标本的地方。一道上锁的门横在我们面前，其中一位分类学家遮遮掩掩地输入密码，我们随即进入一个图书馆般的房间。架子上放着的不是一本本书，而是大小不

---

[1] 成立于1846年，下设21家博物馆、21家图书馆、国家动物园及众多教育和研究中心，拥有1.56亿件物品、文物和标本。——编者注

一的罐子，每个罐子里至少有一具肿胀的尸体漂浮在黄色的液体中。一条巨大的鳗鱼像手风琴一样被折叠起来，放进一个同样巨大的玻璃桶里，宛如一条蜿蜒曲折的彩带糖。一个小罐子里装满了米诺鱼，好像一罐刺山柑花蕾。有的鱼像蝎子，有的鱼像毛毛球，有的鱼像老头，有的鱼像锡纸折成的小玩意。很难想象这些鱼是我们的起源，很难想象在胚胎阶段我们与它们并无二致。

最终，我们来到我想观看的标本面前。51444 号标本，尖棘髭八角鱼（*Agonomalus jordani*），大卫·斯塔尔·乔丹在日本海沿岸发现该物种，于 1904 年为其命名。它像一条小小的黑龙，躺在用金属盖子封住的玻璃瓶底。

其中一位科学家拧开盖子，将一个金属镊子伸进罐中，把那条鱼夹出来。她这样举了一会儿，黑色的鱼鳞在明亮的灯光下闪闪发光，乙醇溶液滴到铺着油毡的地板上。随后，她把标本放到我的掌心。

我没想到有机会亲手触摸如此神圣的东西。八角鱼的身体相当锋利，尖棘覆盖它的全身，如果用力按压，那尖刺可以把手刺出血——我努力忍住这股冲动。我抚摸它皮肤上系着名字标牌的绳结，潦草但结实，一个世纪后依然牢固，不知道是否由大卫亲手缝上。八角鱼的吻上有倒刺，身体蜷缩得像一段螺旋楼梯，鱼鳍则像龙的翅膀，呈锋利的锯齿状。它是一个声名在外的优秀猎手，而八角鱼便是它的科属。它身上有乌黑的突起，可以隐匿在海草中跟踪猎物，也就是那些小虾小蟹。随后，它便会用巨大的胸鳍，也就是它的"龙翅"，以迅雷不及掩耳之势发动攻击，而那些甲壳动物死到临头也不知道自己毙于谁手。

我心中笼罩着一种怪异的寂静。我在琢磨，见过上千种鱼之后，大卫为什么偏偏选择用自己的姓氏命名这一种鱼？它的外形让人叹为观止，但也令人害怕，就像 M. C. 埃舍尔的画作。它的形状似乎不符合物理规律。我用手指抚摸它的外部轮廓，想要寻找几何学上的折角，但是一无所获。诚然，它的属名 *Agonomalus*，就是希腊语"无角"的意思。A 是"没有"，gonias 是"角度"。很久之前，分类学家就发现这类鱼的形状并不遵循物理定律。*Agonomalus jordani*，就是无角鱼乔丹，就像莫比乌斯环，看似有两面，其实只有一面。两者之间的界限无迹可寻。

为什么大卫觉得这种鱼可以代表自己？这种选择是否作为一种自白，袒露了一位善于赢得人心，善于赢取工作和奖项的和善之人背后的黑暗面？我不知道答案。

◆ ◆ ◆

我只知道，大卫带回的鱼类标本越多，宇宙的回击就越猛烈。

与混乱斗争的过程中，大卫被夺走的不仅仅是妻子苏珊和年幼的女儿托拉，还有他的好友赫伯特·科普兰，一个留胡子的渔民，大卫雇他帮忙探索北美洲的新淡水鱼。在印第安纳州的怀特河打鱼时，赫伯特头朝下从船上跌落水中，就此冻死了。"于是我早年最亲密的伙伴去世了，那是我一生中遇到的头脑最敏锐的人。"大卫这样写道。厄运没有终止。赫伯特过世不久，大卫最喜欢的一名学生，查尔斯·麦凯，在阿拉斯加州搜寻新鱼种时失踪。之后，厄运又降临在大卫的学生查尔斯·H.博尔曼身上，他在佐治亚州南部的奥克弗诺基沼泽收集标本时染上疟疾，很快去世了。

这些人的去世是否让大卫在追寻秩序的过程中有所退却呢？一秒钟都没有。他坚持不懈，在混乱来袭的时候，加倍努力，加倍反击。大卫甚至发明了一系列更激进的捕鱼手段，例如用炸药炸鱼，用锤子敲珊瑚。捕捉那些躲在潮汐池石头缝里的"成群的小鱼"时，他想到了最有创意的办法：下毒。他在潮汐池里撒下几撮毒药，然后看着水面，很快，一群杜父鱼、海星和鰕虎鱼的尸体浮了上来。

又一次，大卫发现新物种的速度超过了给它们命名的速度。他位于斯坦福大学的实验室如同一座砂岩构建的宏伟庙宇，在这里，千奇百怪的鱼的尸体堆得越来越高。他感到胸中有什么东西在酝酿，舌尖泛起一股甜蜜的味道，那是重新找回的秩序感与力量感。

而世界依然如旧，广博、安静而有耐心，随时准备证明大卫的错误。

1900年，世界将它的目光投向了芭芭拉，大卫最疼爱的孩子。这个有着黑色眼眸的分类学爱好者，经常和大卫一起在名为"藏身之处"的小石屋附近漫游，身边的猴子骑着大丹犬。他们一起搜寻和辨认鸟类与植物，一起编故事，相安无事的两人甚至开始争论事物是否存在。"有次我和她一起在花园里散步，"大卫回忆道，"我反复吟诵赖利的诗歌：一不小心就会被小妖精抓走哦！""可是根本没有小妖精这种东西，过去没有，以后也不会有。"她说。"可能吧，"大卫评论道，不由自主地想起了（哲学家乔治·贝克莱的）唯心主义理论，"世上无一物。""啊，不对，有的，"她回答说，"世上有事物。"她四下看了看，试图寻找一个确凿无疑的现实证据，然后胸有成竹地说："世上有南瓜这东西。"

一天，九岁的芭芭拉染上了猩红热，此时大卫正在日本收集鱼类标本。他急忙往回赶，想要陪在女儿身边，却在登上旧金山码头的时候就得知为时已晚。大卫将这件事称为"我们夫妻俩经历过的最惨痛的不幸"。"这是我和妻子遭受的最令人崩溃的打击，"他这样写道，"我们生活中最耀眼的明灯熄灭了。就在我写作的时候，即便隔了二十年，那伤口依然像发生在昨天一样，令我痛彻心扉。"

唯一让大卫感到些许解脱、有动力追求且多少能转移注意力的东西，就是他的鱼。大卫又转向水域，回到海上，不断搜寻更多的鱼。

当人们心中感到无助时，强迫性的收藏行为能让他们感觉好一点。

◆ ◆ ◆

然而，对大卫来说，混乱并非降临在他身上的唯一不幸。快满四十岁时，他的唇上冒出第一撮白胡子，与此同时，身着黑色长裙的简·斯坦福依然在唠叨对大卫的不满，质疑他的每个决策，把他从鱼类身边拉开。简不信任大卫的领导能力，指控他任人唯亲、滥用经费，后来她甚至专门安插了一个眼线在大卫身边，向她通报他的一举一动。这人是德语系一个蓄胡子又谢顶的教授，名叫朱利叶斯·戈贝尔。简吩咐戈贝尔记录大卫的活动，任何相关事宜都要向她报告。

芭芭拉夭折不过几年，这个眼线就抓到了大卫的小辫子。其实问题出在查利·吉尔伯特身上。大好人查利·吉尔伯特，大卫的学生和旅伴，如今已是斯坦福大学的动物学系系主任。那次登山事故给他造成的伤早已痊愈，结婚多年之后，他竟和斯坦福大学的一位年轻女性发生了婚外情。他和这个女人的事被一位图书管理员发现了，后者找到大卫要求开除查利。但大卫不想失去查利这员大将，毕竟查利有"出色的"分类学头脑！于是，大卫做出了不理智的决定。大卫威胁这位图书管理员，声称假如他走漏一点风声，他就会被"关进专门囚禁性变态（通常暗指同性恋）的疯人院"。

图书管理员随即被封口——他从斯坦福大学辞职，离开了帕洛阿尔托。但不知怎的，简的眼线听说了这桩逸事，并写了一封正式信函呈报给她。戈贝尔在信中指控大卫为保护自己的朋友而"洗白"一桩性丑闻，并指责他像"帮派头子"一样管理大学，教职工都不敢与其意见相左，害怕会"掉脑袋"。在信的末尾，戈贝尔直接向简请求："像这样的状况，如您亲口所说，是学者的耻辱，必须立即纠正，不然斯坦福大学根本没法像您计划的那样，成为一所伟大的学府。"

接着，这个在大卫眼中无论是在道德层面还是在智力层面都低自己一等的女人，这个用来路不明的钱建立斯坦福大学这一帝国的女人，这个落入伪科学的圈套、相信自己可以与过世的儿子联系的女人，竟然给高级理事写了亲笔签名信，声称她"早就看不惯"大卫的道德污点了。1904 年年底，学者卢瑟·斯波尔称："人们纷纷传言斯坦福夫人要换掉乔丹。"

出人意料的是，1905 年年初的一个晚上，简在夏威夷旅行途中意外去世。看来，宇宙总算让大卫喘口气了。

简去世后，大卫开除了那个做眼线的教授，并且计划再度踏上欧洲大陆，来一趟长途旅行。这次没人反对他了。杰西与大卫同行，他们漫游伦敦的天主教堂、法国的薰衣草花海，以及瑞士郁郁葱葱的阿尔卑斯山。在德国，两人跳上河船，在摩泽尔河上漂了好几天，不时观赏和品尝跟在船尾的各种水生动物。

一段时间之后，他们回到加利福尼亚州的家里，没了女儿，但多了个小儿子埃里克——芭芭拉夭折几年后出生的孩子。1905 年秋季，埃里克两岁，大卫发誓要保他平安。他重新回归工作，每天早晨从老师的雕像下走过，执行他眼中"最高等级的传教工作"。他手握解剖刀，从罐子中取出一件未知物种的标本，在明亮的灯光下注视它，用刀子戳一戳它的牙齿、鱼鳍、鳞片，最终划开皮肤发掘其下的秘密。大卫在这些标本的骨骼和器官中寻找线索，想弄清楚哪个物种先出现，生命前进的方向是什么，它们经过哪些尝试才进化成人类，促进这些进化的秘诀又是什么。灯笼鱼究竟如何发光？海星如何重新长出腕？飞鱼怎么飞？人类能借鉴哪些适应过程来减少痛苦，将人性提升到新的高度？

大卫仔细查看每种生物的内脏、神经和韧带，它们的鱼鳔、胆囊、骨骼和眼球。他盯着鱼错综复杂的大脑，一看就是好几个小时，好几周，甚至好几年，直到他确切了解眼前的生物。接着，他会掰动自己的指节，可能还会放松一下脖颈，呼吸几口地球的新鲜空气，然后吐出该物种的名字，那个前所未有的名字：尖棘髭八角鱼。就这样，一个新的物种面世。

为了给这些未知的物种留下印记，他把这个神圣的名字打在锡牌上，把锡牌丢进罐子里，紧挨着标本，然后拧紧盖子。如此一来，宇宙的又一个角落就被发现了。他自豪地展示这些罐子，如同展示一座座奖杯，它们逐渐累积，这份井然有序的混乱最终有近两层楼高。

第六章 ～～～～～～ **打碎**

1906 年 4 月 18 日清晨五点十二分，地球耸了耸肩膀。"不到一分钟的时间里……山峰开裂，巨大的缝隙不知延伸了多少英里，但它很快再度合拢，好像什么都没发生！"大卫·斯塔尔·乔丹努力从地理角度去理解他人生中杀伤力最大的时刻：1906 年，约里氏 7.9 级的旧金山地震。短短四十七秒内，这座城市的大部分区域被夷为平地，随之而来颇具破坏性的爆炸和大火夺去了三千多人的性命。

然而，地震发生时大卫对此一无所知。他突然醒来，发现自己的身体上下摆动，"像被一只狗咬住乱甩的老鼠"。大卫向埃里克的房间冲去，唯恐他像芭芭拉一样过早夭折，被卷进宇宙的混乱中。一路飞奔着冲下楼梯时，他大声呼唤已经成年的大儿子奈特；那年十八岁的奈特，当晚一直在屋顶睡觉。一种奇怪的不祥之音从客厅传来——屋顶的天花板掉落到钢琴上，奏响不和谐的音符。大卫发现小埃里克安然无恙地躺在他的小床上，于是把他搂进怀里，然后快速奔向楼梯，而楼梯正在"以最为猛烈的方式晃动，根本无法轻易……下楼"。

大卫、杰西和埃里克三人终于跑到户外，迎接他们的是一种奇妙的寂静。"鸟儿，"大卫写道，"已经开始歌唱。自然界恬不知耻地炫耀着春天，刚刚的灾难似乎被一笔勾销。"

过了一会儿，奈特跌跌撞撞地跑过来，说整座大学已经"玩完了"。大卫"紧紧抓着一根摇晃的栏杆扶手"，眼看着砂岩建成的王国像多米诺骨牌一样倒下。他如此写道："美丽的教堂钟楼和优雅的飞扶壁就此倒塌，纪念拱门同样坍塌，石头'像喷泉的水流一样'四散，未建成的巨大的图书馆和即将完工的体育馆摇摇欲坠，（因没有足够的钢筋支撑）像纸牌屋一样倒下。"

这时大卫意识到，他不仅是一个仍然存活于世的人，还是这个崩溃王国的统治者，于是匆忙赶往校园。

此时还不到早晨六点。学生们被震出了宿舍，像从野餐篮里爬出来的蚂蚁一样散落在草坪上，茫然不知所措，想从伙伴的肩膀或眼睛中找寻一种确定感，确认自己仍活在世上。大卫穿过这些学生，或许还有一堆堆倒下的扶壁、拱门的碎石以及——他稍后就会发觉——被落下的金属和石头砸中的尸身。他掠过裸露在外且哧哧冒着蒸汽的水管，绕过闪着火花的电线，直奔他的鱼类圣殿。

大卫"满腹担忧地"穿过大门。

用什么词语描述眼前的景象呢？

想象你三十年的心血一朝被毁。可以是你整天在做的事情，你在意的东西，或者你每天都傻乎乎地摆弄的玩意。你心中期望它们具有某种意义，尽管所有迹象都指向反面。想象你在这些东西上取得的所有进展都在你脚下被碾得粉碎。

这就是发生在大卫身上的事情。

到处都是鱼。玻璃碎了一地，比目鱼被落下的石头砸扁，鳗鱼被架子截断，河豚被玻璃碎片刺破，到处都是刺鼻的乙醇和腐尸的味道。但比标本的损失更糟的是名称的损失。很多标本毫发无损，数百个，接近一千种，但它们神圣的锡牌散落一地。在那四十七秒内，《创世记》被逆转，大卫费心命名的鱼又变回混乱的无名氏。

这还没完。大卫跌跌撞撞地跑到室外，想从老师那里获得指引，却看到这样的景象——

地震把路易斯·阿加西的雕像头朝下撞进混凝土地面。多么让人啼笑皆非的景象，仿佛一句画龙点睛之语。他的双脚指向天空，大理石雕成的双手依然紧紧攥着一本关于自然科学的书——他相信其中的文字通往秩序之路，但它们最终却将他引入难以挽回的极端，他的头埋进了沙子（尽管地面是混凝土，但其实就是水混合了沙子）。

如果我是这出戏的导演，我会让场景设计师把这一幕布置得更隐晦些。但你看，这就是宇宙的安排。对我来说，这条信息再清楚不过了：混乱是世界的主宰。

这时我肯定会选择放弃。我的老师被嘲讽，我的梦想被打破，数十年的坚持毁于一旦，我会跑进地下室，宣布认输。

◆ ◆ ◆

大卫是怎么做的呢？

我们这位认真研究科学的主角，这个不顾一切地想要看透世界本质的人，会怎么做呢？这场地震传递了一条明确的信息：熵增是世界运行的方式，没人能够让它停止。大卫是否听到了这句话呢？

显然没有。此时这个倒霉蛋，这个超凡脱俗的家伙，拿出他的缝衣针，直接刺穿了统治者的喉咙。

把名字直接缝在鱼身上，这个主意是从哪儿来的呢？是来自根植在大卫脑海深处的记忆——童年时把碎布缝在毯子上，还是有人给他提建议？同事？学生？他的妻子？

我不知道答案。遗憾的是，我没能找到他这个缝制技艺的起源。大卫很可能不是第一个想到把标签直接缝在标本上的分类学家。我们只知道，大卫决定更改这些标本的储藏方式，并全程监督了对这一地狼藉的修复过程。在他发出的一系列信件中，我们能看到他对秩序的渴望，很显然，他不顾一切地想要让自己的鱼类藏品变得井井有条。他要求"木匠来帮忙……在存放标本瓶的架子前端钉上木板条"，要求"送来更多的乙醇（保存鱼类标本）"，要求"建一堵钢制墙，并且在架子四周的地板上钉入加固结构"。

可惜回应来得十分缓慢。乙醇没能送到，鱼类标本躺在地上，遭受各种元素侵蚀，逐渐脱水和变质。于是大卫求助于自己人——同样身负给自然排序这一使命的同事们。他想不出别的办法，于是命令同事们拿起水管。

"标本的残骸摊在地板上，由斯奈德教授和斯塔克斯教授夜以继日地用水管冲刷以保持湿润。"如此美丽的一句话，出自我从未想到的地方：J. 贝尔克的《斯坦福大学自然历史博物馆新进鱼类分类标本名录》（*A Catalogue of the Type Specimens of Recent Fishes in the Natural History Museum of Stanford University*），收入《斯坦福大学鱼类学报》（*The Stanford Ichthyological Bulletin*）第五卷。

他们夜以继日地用水管冲刷标本。

夜以继日。

太阳升了又落，落了又升，大卫的两个同事脚蹬胶鞋，用水管对着一堆鱼。这是一次短暂体验韧性之脊的机会吗？冷漠和犹疑的神色浮现在两人脸上，与此同时，大卫正在窗外忙得团团转，扬起空中的灰尘。大卫还不确定该如何将这些鱼类标本恢复原状，但现在至少要让它们保持潮湿。夜以继日，他四处奔走，应付担忧的家长、受到创伤的学生，还有手握铅笔吓得目瞪口呆的学校会计师。同时，他还要发疯般地给远方的同事发信息，让他们送乙醇来。夜以继日，他允许学生睡在室外草地上，因为很多学生现在害怕墙壁和屋顶。他在地震中丧生的朋友和同事都被埋入地下，尘归尘，土归土。灰尘短暂地落下，好像与大卫达成了临时休战协议，接着它又高高扬起，打着转冲向大卫实验室的窗户，带来尘螨、腐胺和细菌，威胁着要施展它不可逆转的腐烂进程。

他们用水管反复冲刷。

或许就是这样毫无章法的坚韧才动人。

或许这终究不是疯狂之举。或许大卫是在默不作声地信仰上帝，相信世间仍有一种温暖，一种在星辰中难以找寻，只存在于人类心中的温暖。或许这是某种近乎信任的东西。

在这倾泻而下的冰冷光线中，大卫的两个同事将水龙头开关拧向左边，如此维持了四十八小时。在我看来，这样的景象近乎庄严。

◆ ◆ ◆

最终，一批乙醇运达。大卫匆忙赶往实验室，帮助同事们整理地上的鱼。这个似曾相识的鱼鳍……能否让他回想起鱼的名字？那对黄色眼眶的鱼眼，能否为他提供一些关于名称的线索？这是存在主义的鉴别归类过程。地上仍然摆着一些无法确定名字的标本，如果分类学家不能解开这些谜题，这些鱼就不算存在于世。

大卫拿起一条湿淋淋的棕色鱼，它和大卫的手掌一样宽，背部到分叉的尾巴上布满红色斑点。他盯着这条鱼像大理石一样黑的眼睛，仔细搜索自己的记忆，回想那些遍布全球的旅行。我能记起你的名字吗？他暗自揣测。我能否想起你究竟是在哪里翻腾着死去，然后成为我收藏的一部分？在渔网里？抑或是在渔叉上？记忆卡壳，他眯起了眼睛。

看来他只好放手了。把这个生物扔掉——扔进厕所，或是垃圾桶。我不知道他失败了多少次。放弃一条鱼，再放弃一条鱼。扔一百次，扔一千次。一千条鱼被丢掉，一千次提取回忆失败。

这种沮丧感是否催生了大卫的创意？

我不知道确切的答案，只能想象他的第一针。最终，他认出了一条鱼——看上去很像凤尾鱼，在我看来再普通不过了。他用一只手捏住这条小生物，像珠宝鉴定专家在检视钻石，另一只手拿起针，准备反击。是什么地方让大卫眼前一亮呢？鱼背上淡淡的虎纹？银色的眼眶？一对小小的腹鳍，好像肚子上停了一只透明的蝴蝶？也许他回忆起那对玻璃纸质地的翅膀如何发疯般地拍动，试图在水中逃过他的渔网。它的翅膀上下扇动，飞过红树的树根，越过泛起涟漪的沙滩，穿过温暖的碧蓝海水，在……哪里来着……巴拿马！对，就是那儿，他很确定这一点。他手中正拿着唯一的巴拿马鰕虎鱼（*Evermannia panamensis*）的正模标本！

根据大卫的记录，这是地震中摔出罐子、差点从科学史上消失但又重回科学名录的正模标本之一。从此以后，这种生物再也没有脱离大卫的收藏范围。

大卫把线穿过针眼，将针尖从鰕虎鱼的喉咙一侧刺入，再从另一侧穿出。他直接把名字标牌固定在鱼身上，砰的一声，这种生物又回来了。*Evermannia panamensis*！多亏了大卫的坚持不懈，这一丝混乱重新找到了秩序。

◆ ◆ ◆

那时他是如何安慰自己的呢？在他清扫自己的毕生心血摔成的碎片时，在他丢掉无法辨认的鱼类标本时，在地震后的那天晚上为小儿子埃里克掖被角时，他心里很清楚，闪电、细菌和地壳都在伺机而动，源源不断，绵绵不绝。此时他会嘀咕些什么来激励自己，以免被这种徒劳无功之感压垮呢？

我愈发渴望了解他。那时卷发男人已经离开我三年了，世界依旧沉默着原地打转。我在一场婚礼上见过他，我们拥抱了一下，他身上的肉桂气息再度将我包围。整件事的进展仅此而已，但我还是忍不住怀抱希望，希望有一天我们之间的裂痕可以被修复，希望我们的爱经得起我的背叛、多年的远距离以及我们已经不再熟悉这一事实的考验。对某事怀有信念，相信这世上存在某种足以超越言语和行为的事物，这种感觉很好，即便我的信念已被怀疑腐蚀。

中间这几年，我离开纽约，辞去了电台记者的工作。我搬到弗吉尼亚州，一头扎进小说写作课程中，以此逃避现实。我从不同的角度反复书写自己的困境。我写了一只自恋的马蹄蟹，不知道它的爱人为什么离它而去；我写一个女人失去了她的男人；我还写一个女人和一堵墙建立了非凡的友谊。

回马萨诸塞州度假的时候，我的两个姐姐会分别碰碰我的肩膀，告诉我该走出来了。我二姐用力捏我的肩膀，想激励我振作，让我回忆起自己的力量。我大姐温柔地拍拍我，手指像抚摸天鹅绒一样在我肩头划过——我猜她不想再给我增加任何痛苦。有一年，我干脆不过圣诞节。我不想被迫坐在假日餐桌旁，面对这个卷发男人形状的空洞，也不想面对姐姐们担忧的眼神。我待在弗吉尼亚州，想爬到我最喜欢的山顶，结果下雪封山。我坐在蓝色的金属大门旁，想看日落，眼前却只有一片迷雾。

我位于夏洛茨维尔的公寓里堆满了咖啡杯。每一杯咖啡都是一份温暖丰盈的希望，让我相信自己能找到合适的词句，写出一个故事、一封情书或一句咒语，由此摆脱糟糕的生活。但每天晚上咖啡杯里都塞满烟灰，沉甸甸的，我甚至举不起来。这些马克杯在我的窗台上逐渐堆积。等我最终完成课程论文时，我的这间公寓，这个有着黄色墙壁的阁楼，弥漫着一股土壤的气息，像是要沉入地底。

我搬到了芝加哥。我的朋友希瑟说，我可以在她家的客房里住上几周，好好考虑下一步该怎么做。她的善意我无以为报。我喜欢芝加哥，喜欢它的清冷和它的漠不关心。在这里，我可以是任何人。穿上匡威球鞋，沿着沙子步道散步时，我似乎只需要排放一丁点儿二氧化碳。我触底反弹，觉得自己可以成为任何想成为的人——不是出轨的人，不是抑郁症患者，不是被动接受宇宙的安排的人，而是一个待在家里就很开心的人。

但有些夜里，希瑟不在家，而是和男友一起在芝加哥的另一头。一个人待在家里，看着路灯的紫色光芒穿过窗户，我意识到自己没法完全忽略现实，没法忘记生命中的空洞。每当希望之光给我带来温暖时，这空洞只会变得更大更冷。

就这样，我陷入了绝望。简单来说就是这样。我迫切想要研究大卫·斯塔尔·乔丹的手稿，发掘他的只言片语，寻找奋勇向前的动力，尽管前路注定黯淡。

第七章 ~~~~~~~~~~ **不可摧毁之物**

我很幸运，可以查阅各种原始资料。除了大卫本人的回忆录，还有数不清的文献——童话故事、哲学文章、诗歌、讽刺作品、日志、捕鱼指南、关于幽默的书、关于节制的书、关于外交的书、教学大纲、社论等等，总计五十多本书和上百份其他文章。

我从他写的童话故事读起，这通常是作者展开道德说教的领域。有一个故事名叫《老鹰和蓝尾石龙子》（后者不是臭鼬，是一种蜥蜴），讲的是一只老鹰猛冲下去，咬掉了一条蓝尾石龙子的尾巴。受伤的蓝尾石龙子为了报复，赶紧爬上老鹰的巢穴，吞下了老鹰的一窝蛋，心想："这些蛋刚好够我长出一条新尾巴。"它们就这样无休无止地继续下去。老鹰冲下去咬掉蜥蜴长出的新尾巴，蜥蜴赶来吞下老鹰的更多蛋，如此循环往复。哪一方都没有被征服，正如大卫写道："尾巴总是有足够的肉让老鹰去下……更多的蛋，而蛋里总是有足够的营养让蜥蜴再长出一条蓝色的尾巴。"在我看来，这像是一种对报复的徒劳无功的反思，又或者大卫是在以一种血腥的方式诠释最该死的物理定律，即质量守恒定律：质量既不能被创造，也不能被破坏。大卫写下的故事总是带着科普的意味。他勾勒了一个令人窒息的世界，其中的角色永远无法逃脱宇宙的残酷规则。还有个故事，讲的是一个叫芭芭拉的女孩遇到了一只郊狼。郊狼在夜里悄悄翻进她的窗户，接着发生了一场可怕的打斗。最终芭芭拉抓起一个玩具娃娃，塞进狼的喉咙，一直塞，一直塞，直到它打喷嚏，然后（以卡通的方式遵循着玻意耳定律，即体积减小，压力增大）郊狼的头掉了。世上没有什么魔法，即便对孩子来说也是如此，只有创造性地运用这些冰冷残忍的规则带来的一线生存机会。

在他的童话故事中，我没有找到信仰的秘方，于是转向他针对"伪科学"的讽刺之作。一开始他只是偶尔拿通灵心理学家开个玩笑，后来他的信念逐渐纯熟——一旦人们"认为已知的真理所言不实"，整个社会便会有衰落的风险。在大卫看来，痛苦、疾病、无知和战争只不过是神鬼思想带来的部分问题。1924 年，大卫在《科学》杂志上发表了一篇名为《科学与伪科学》的文章。在这篇文章中，大卫致敬了 16 世纪的天文学家焦尔达诺·布鲁诺，后者因坚信地球不是宇宙的中心被烧死在木桩上，因此成为一名英雄。根据传说，布鲁诺在被处死之前打趣道："无知是世上最美妙的科学，因为它不需要劳动或痛苦就能获得，还能让心灵远离伤悲。"大卫引用这句话告诫他的读者，如果为了获得快乐而将令人痛苦的真理拒之门外，那么他们就是烧死布鲁诺的帮凶。

他越来越像我爸爸了。这就是他们生存的方式：每一分每一秒都在承认自己的无足轻重，并且怀抱着这种谦卑的认知生活下去。纵览大卫的各种资料，我处处都能看到这一点。他写下对自大的严正警告，以及对神鬼思想的严正警告。为一门进化学课程编著教学大纲时，他悄悄地夹带了关于人类极其无能的内容，还占据了整整一个章节。"自然面前，人人平等，"他写道，"我们绝不可能篡改……她那不可动摇的定律……否定这定律无异于对着空气挥棒。"我想象他随着这些文字充满激情地谩骂，拳头高举在空中——他那无足轻重的拳头。

甚至在他关于节制的文章中，我们也能看到这种谦卑的态度。为什么大卫如此反对药物滥用？因为药物让你感觉自己比实际上更有力！或者，如他所说，药物"迫使神经系统撒谎"。举例而言，酒精让酗酒者"在很冷的时候感觉温暖，并且毫无来由地自我感觉良好，他们认为自己无拘无束，因其摆脱了人类必备的克制与拘谨这两大美德"。换句话说，带着滤镜看自己是自我发展的诅咒，还会让人变得呆滞、迟缓，出现道德缺陷，走上一条通往悲伤的快车道。

如果这真是大卫的世界观，如果他如此反感过度自信的态度，那他究竟该如何打造个性中充满韧劲的这一部分呢？在他最糟糕的那段日子里，他身边的一切都不复存在、摇摇欲坠、毫无希望，这时他该如何说服自己起身走出家门呢？

最终，我获得了看上去最有可能的线索：一本名叫《绝望的哲学》（*The Philosophy of Despair*）的小册子。大卫在这本书里坦承，科学世界观的问题在于，当你用它来探寻生活的意义时，它只会告诉你一件事：徒劳无功。"我们点燃的火焰逐渐熄灭，我们建造的城堡在眼前消失，河流也沉没在沙漠中……不管选择哪条路，我们都会用灰心丧气的隐喻来描述生活。"那么，我们应该怎么做？

像大卫这么自律的人，他给出的建议是手不要闲着。"那灵魂之痛……消失了，"他写道，"因着积极的户外生活和随之而来的健康体魄。"大卫声称，我们体内的生物电便是救赎之道。在同时期编著的教学大纲中，他写下了这样的内容："快乐来自做事、帮助别人、工作、保持热忱、斗争、征服、充分应用各项感官，以及个人活动。"我认为，大卫的观点就是"别想那么多"，尽情享受生命旅程，品味各种细微小事。一个桃子"令人陶醉"的味道，热带鱼的"丰富"色彩，以及锻炼后的兴奋感，后者让我们体验到"勇士般的纯正愉悦"。在书的结尾，他引用了梭罗的文字："你毫无希望，除了脚下的绿草，那是这世上——任何一个世界上——最甜美的东西。"接着，大卫给读者们送上一剂激动人心的良药：把握当下。"此时此地的这一天，天这么蓝，草这么绿，阳光如此耀眼，树荫如此怡人，无处能及。"

某天过得很糟怎么办？嗯，大卫鲜少同情那些过得糟糕的人。他在《绝望的哲学》中最终得出的结论是，绝望是一种选择。大卫认为，在青少年时期，满心烦闷是再自然不过的状态，但他也嘲笑那些没法摆脱绝望的人，认为他们是懒惰且爱抱怨的麻烦虫，"抱着低落情绪的念头不放"，把自己装扮成文学作品中的"悲伤之王"。他指责他们满嘴"硫黄味"，散发着死亡的气息。大卫说，进化赋予了人类宝贵的生物电能，那些神圣的离子让我们拥有各种绝佳的感知能力，还能解决许多的科学难题。而一旦人们把时间浪费在琢磨"人生的徒劳无功"这件事上，他们就相当于是把这种生物电能冲进了探究存在主义的下水道，成了名副其实的"行尸走肉"。

一阵熟悉的耻辱感扑面而来。看到爸爸肚子朝下跳进冰冷的湖水，然后吐着泡泡浮出水面微笑时，我心中也有同样的感觉。为什么我就不能像爸爸那样活着？我到底做错了什么？迫切想要知道答案的我不断阅读，搜索大卫针对卫生、幽默、民主与和平主义的讽刺之作，搜索他的诗歌，他的演讲稿，以及他反对酒精、唇膏和战争的论辩。终于，一个下午，我找到了。

一剂消解恐惧的良药，一味带来希望的良方，藏在大卫讲授的"进化哲学"这门课程中，写在课程结尾处的教学大纲里。他竟然把一整天的课时用来解答我的难题，也就是难于接受科学世界观的这个问题。"如此的人生观会指向悲观主义吗？"他写道。在课程结束之时，大卫留给学生一句咒语，一种消解混乱带来的恐惧的办法。短短一行字，清清楚楚地写在纸上："由此观之，生命何等壮丽恢宏。"

我吓到了。就是这句话。大卫的观点和我爸爸的观点如出一辙，同样的话就悬挂在爸爸办公桌上方的画框里。这句话赐予他们直面人生的勇气。尽管大卫看似和我爸爸截然不同——他反叛、怀有希望、充满信念，但他能教我的东西并不新鲜。我不过是又一次听到了那句再熟悉不过的话：世上有壮丽恢宏之物，如果你看不到，那是你自己的问题。

◆ ◆ ◆

　　我决定做最能让我产生希望的事情：喝酒。红酒、啤酒或威士忌都可以。我依然待在芝加哥，不知不觉中两个月过去，如今已是 12 月了。我做着自由职业，给一个科学博客写稿，还尽可能多地录制广播节目。我做了一个关于蟋蟀暴力的节目，一个关于人类暴力的节目，还有一个关于蜱虫暴力的节目。希瑟和我每晚都会做饭、看电影，有时也去听脱口秀。每个活动我都要准备酒精饮料，一杯接一杯地喝，那种没来由的温暖让人觉得那么舒服。我再次找回我的笑声，那让我不再微笑的春天。第二天早上醒来，我会感觉格外凄惨，我的脸也水肿得更严重，更令人生厌，但我会等待夜晚降临。夜里我会努力让世界再度发光。

　　一天晚上，在罗杰斯公园的一个酒吧，我碰到一个朋友，她的名字是斯坦齐。我们点了一些黑啤，开始聊各自的工作。她当时正负责一个在广播中分析诗作的项目，我们开始讨论想法和语言之间的裂痕。看着自己说出的话在另一个人面前"啪嗒"一声摔得稀碎，是多么令人难过。脑子里满是各种想法，却不知道如何吐露，这感觉是多么孤单。而那些看似理解你的人又拥有多么危险的力量。我跟她聊自己对大卫·斯塔尔·乔丹的痴迷，聊到那次地震和缝衣针的作用。"我想知道原因，"我说，"是什么给了一个人继续前行的动力？"

　　那时她只是"哈"了一声，我感觉有些泄气。不过第二天下午，她给我回了一份长长的邮件：

> 还有你说的故事——那个建起如此宝贵、如此华丽的圣殿的人……只能眼睁睁看着一切走向崩溃……他继续前行的方向在哪儿？卡夫卡认为，每个人的内心深处都有一种不可摧毁之物，不论人们状态如何，它都能赋予他们前行的动力。不可摧毁之物与乐观毫无关系，相反，它比乐观更深刻，处于意识的更深处。不可摧毁之物是我们用各种符号、希望和抱负粉饰的东西，并不要求我们看清它真实的模样。嗯……如果你主动（或被迫）去掉那些修饰，你便会发现那不可摧毁之物，而一旦你承认它的存在，卡夫卡的观点便会更进一步——他不认为它是乐观或者积极的存在，相反，它是能够撕裂并摧毁我们的东西……
>
> 就这样……

我喜欢这个说法，不可摧毁之物。这是个闪闪发光的概念，我由此不必回答心中的疑问：苦苦追求一个不切实际的目标，这种行为是否过于荒谬？它只是许诺，如果我违背它，我将被撕成碎片。但我觉得大卫·斯塔尔·乔丹心中没有不可摧毁之物。对那些愚蠢之人、浪漫主义者和为赋新词强说愁的人（他们内心涌动的激情如同一层迷雾，模糊了他们对现实的认知）来说，引导他们前行的不可摧毁之物似乎是一种折磨。而大卫·斯塔尔·乔丹？他绝不会有同样的感受。他把一生用来驱散那迷雾，那蒙蔽双眼的迷雾。

但我想要确切的答案。于是我重读他的回忆录，带着这个新学的词，"不可摧毁之物"。在过去的我眼中，这个想法如同一潭死水，但现在它却无比鲜活。我在大卫的字里行间寻找不可摧毁之物存在的证据。鲁弗斯的去世，苏珊的去世，芭芭拉的去世，闪电的袭击，地震，我重读这些章节，然后找到了答案。

它就藏在一段冗长的选段中，出自他自己的作品，一篇抒发个人感想的文章。地震发生后的几天内，大卫写下了这篇文章，那时他还处于懵懂阶段，试图判断地震给旧金山造成了多大伤害：

　　早在人类开始计划和创造之前，就已经有对人类成果的破坏了。一场巨大的灾难，几乎无人埋怨，这真是前所未有的事。大众从未展现过如此充满希望和勇气的状态，他们对自己和未来充满信心，这也是前所未有的事。因为我们毕竟幸存了下来，是人的意志决定了命运。

　　地震和火灾让我们明白，人没法被撼动，也没法被烧毁。人类建造的房屋像纸牌一样不堪一击，但人类立于房屋之外，能够重建倒塌的建筑。建造一座伟大的城市是一件妙不可言的事情，更妙的是成为城市的一部分，因为城市由人组成，而人永远立于自己的创造物之上。人类的内心永远比人类能做的事情要强大。

多么妙不可言、激励人心的语句，我被多么温柔地拍了拍后背，捏了捏肩膀！大卫的这段话只有一个小问题。如果你仔细审视他的语句，就会发现那个造就珍珠的小小谎言：

是人的意志决定了命运。

这是一句大卫许诺永远不会说给自己听的谎言，一句他曾经警告过会带来邪恶的谎言，一句他穷尽自己的职业生涯反对的谎言。他说这种谎言值得与之奋战到底。自然面前，人人平等！可即便是大卫，也要相信这谎言的真实性，才不会被绝望吞噬。

第八章 ～～～～～～ **论自欺**

所以就是这样：在大卫清扫实验室玻璃，逐渐拼凑生活原样的时候，他对自己默念的是一句谎言。

是人的意志决定了命运。

大卫接受了这句谎言。这一事实让人震惊，毕竟他曾那么拼命地捍卫自己的科学信仰。不过大卫最终成功挽救了那么多藏品，上千份标本在一个世纪之后仍留存于世，从许多角度来看，大卫的一生都是非比寻常的成功人生——先后娶了两个妻子，担任多个校长职位，获得多个奖项，他的伊甸园因为拥有骑大丹犬的猴子、会说拉丁语的鹦鹉和喜爱分类学的孩子而变得完整。既然如此，我不禁怀疑自欺真有那么糟糕吗？或许大卫和爸爸本不需要站在那样的道德高度，将自欺称为应当竭力避免的罪行。

我决定先撇开自己的道德观，看看专家们的观点：自欺是否像大卫和爸爸警告的那样危险？

长久以来，社会道德的答案都是肯定的。就我所知，《圣经》鄙视自欺的行为，将骄傲自满视作一项严重罪行，并断言如果你远离这种罪行，就会获得最棒的回报：谦卑人必承受地土①。古希腊人对自大的排斥也是众所周知——伊卡洛斯翅膀上的蜡被太阳烤化，从天空中摔落。在启蒙运动中，伏尔泰将乐

① 见《圣经·诗篇》37:11。——编者注

观主义贬为潜在的恶魔，它让你无视自身正在受苦的事实。20世纪的心理学家也同意他的观点。在弗洛伊德、马斯洛和埃里克森等具有影响力的心理学家看来，自欺是一种精神缺陷，需要通过治疗加以矫正。与此同时，准确的认知则被看作"精神健康的标志"。

然而，在高歌猛进的20世纪，临床心理学家开始注意到一些奇怪的事情。那些相对健康的病人，那些活得更轻松、遭遇挫折后更快恢复的人，那些获得工作、朋友、爱人等生命桂冠上的光环的人，似乎都拥有自欺这一标志着乐观的特质。于是从70年代起，一些研究者开始做相关实验，试图确定这种印象是否属实。一次又一次的结果显示，那些精神健康的人确实认为自身比事实上更具吸引力、更善于提供帮助、更聪明、更能控制概率事件（比如掷骰子或选彩票号码）。回顾过去时，他们会更轻松地回忆起成功而非失败的经历；展望未来时，他们则认为自己比朋友和同学更有可能成功。

而拥有备受推崇的清醒认知的那些人呢？当当当，答案和你想的一样：他们被临床诊断为患有抑郁症。他们活得很痛苦，遭遇挫折之后更难振作起来，工作和人际关系也面临重重困难。

因此，《精神疾病诊断与统计手册》的编写人员进行了一些相应的调整。某些公认不健康的特征如今变成了健康的特征，"妄想"这一术语改为了更中性的"积极错觉"。到了80年代，心理学家雪莉·泰勒和乔纳森·布朗发表了一篇综述论文。在整理了两百多个相关研究之后，他们发现，趋向乐观的世界观会带来一系列好处。"少许自欺……对心态有好处"，这一观点得到了大众的广泛认可。

或许你已经听说过这些事实了。你可能不知道的是，关于"一个健康的人该如何面对现实"的观念上的改变，影响了心理医生的诊治方式。很多心理医生开始使用"改变叙事角度"或"重构认知"等方法，慢慢引导病人修正对自己的理解，形成更乐观的认知。关键点在于，人们必须有节制地使用这种自欺的手段。许多研究结果显示，极端的否认和妄想是不良行为。而那些无伤大雅的谎言，没有恶意的谎言，宛如玫瑰花蕾般的谎言呢？它们能带来很多好处。面对一个正在痛苦挣扎的人，如果我们能引导她用更乐观的方式描述自己，让她相信真实的自己更为强壮、更为善良，而分手可能不完全是她自己的错，那么她的生活将会发生深刻的变化。

蒂姆·威尔逊是弗吉尼亚大学的一位心理学家。只要对叙事方式进行小小的调整，便能改变人的一生，这一事实让他折服。他甚至写了一本名叫《重新定向》(Redirect)的书，将那些最具戏剧性的案例结集成书。接受叙事疗法的大学生能够获得更好的分数，他们的辍学率更低，多年之后他们的健康状况也更好。而同样接受叙事疗法的工人们则更加努力地工作。学会换一种方式看待发生在自己身上的事情之后，那些经历创伤的人能够更快获得内心的平静。

"你在对自己撒谎，这一点是否重要？"我问威尔逊。

"有什么坏处呢？"他回答道，"如果撒谎能够战胜恐惧，并且不会导致后续的不良行为，我不觉得这么做有什么问题。"

"一个小小的谎言能够产生巨大的影响。"

"没错。"

◆ ◆ ◆

我看着积极错觉像仙女玛丽①的百宝袋一样，带来看似无穷无尽的好处——更深刻的幸福感，更多事业和人际关系上的成功，甚至还有更好的身体。这时我突然意识到，爸爸固执地坚持向蚂蚁看齐的谦虚，或许将我带入了歧路。或许进化赋予我们的最棒的礼物，就是让我们相信自己比实际上更有能力。生而为人已经很艰难了，心理学家们如此说道。我们行走在人世间，心里明白这个世界根本不在意我们的死活，不管我们如何努力，都不一定能够成功。我们时刻在同数十亿人竞争，在自然灾害面前毫无还手之力，而我们热爱的每一件事物最终都会走向毁灭的结局。在这种情况下，一个小小的谎言能让我们释放压力，还能帮助我们不断向前，接受生活的严峻考验。有时候，我们甚至可以在这场对峙中占得上风。

---

① 电影《欢乐满人间》中的角色。

80年代呼啸向前，带来了自卷手环[①]、尼龙衬衫和倡导培养孩子自尊的育儿图书。过去受到怀疑的观点，现在成了心理学家的治疗良方，不仅在教学手册中受到大力推广，还被纳入了小学课程体系。

90年代为我们带来了拍拍卡[②]、万智牌和美国国家心理健康研究所的声明。声明指出，相当多的证据显示，相信未来比实际上更美好能给人们带来积极的心理影响。这样的乐观主义精神让人们处于更积极的情绪状态中，激励他们朝着未来的目标不断努力，不仅使他们在工作上更有创意和成效，并且赋予他们一种能够控制自己命运的感觉。

21世纪初，一位名为安杰拉·达克沃思的中学数学教师决定攻读心理学博士学位。多年来她一直想搞明白一个问题：为什么她的一些学生在学习上似乎比别人更费劲？她想弄明白那些获得成就的学生到底有怎样的特质。多年之后，她发现一个特质似乎是问题的关键，并称之为"坚毅"。坚毅比坚持更朗朗上口，意味着无论是否获得正向回馈，都要持之以恒地追逐超长期的目标。坚毅，就是撞了南墙也不回头、反复撞南墙也不回头的能力。她在许多人身上看到了坚毅这一特质：西点军校的学员、公司老总，以及在音乐、运动、烹饪等任意领域达到巅峰的人。别再考虑天赋、创造力、善良和智力等因素了，仅坚毅这一特质就

---

① 在手腕上一敲就能卷在手腕上的手环。
② 印有不同主题和画面的圆形卡片，可用于收藏或游戏。

足以让你不断前行。

那么，什么样的认知偏差能让你获得坚毅的特质呢？积极错觉。其他研究显示，如果你拥有积极错觉，那么你在遭遇挫折后就不太容易感到沮丧。坚毅是许多特质的混合体，其中最重要的特质就是遭遇挫折后继续前进的能力，即便没有任何证据显示你的目标有可能实现，你也能不断地奋勇向前。或者就像达克沃思所说的那样：尽管你不断地遭受失败、逆境和瓶颈期的冲击，但你仍旧能在多年间持之以恒地努力，并且保持长久的兴趣。

或许坚毅这一特质最棒的部分、最有希望的属性，以及最契合美国梦的特点，就是它似乎不是由基因决定的。这个能将梦想变为现实的神奇特质，可以通过后天的学习获得！在亚马逊官网上输入"坚毅"这个词，就会发现长长的一列入门图书。

《坚毅：如何在想要放弃的时候坚持下去》

《坚毅：让人持之以恒、蓬勃发展并获得成功的新科学》

《通往伟大的坚毅之路：毅力、热情和勇气如何让你从平凡到不凡》

搜索页面上还冒出一个小瓶子。一个装有药丸的黑色瓶子，上面印着荧光绿的文字：真正坚毅促进剂。瓶子里面是一百二十片"有科学依据、经过医学研究、效果显著的促进剂"，能够提升你的生理机能，让你不管是"在健身房还是……在大街上"都表现出色。

◆◆◆

　　我想起我看到的大卫·斯塔尔·乔丹的第一张照片，照片中的他有着不羁的白发和严峻的目光。我想到他引以为豪的"乐观之盾"，想到他的一个同事评价说，不管日子多么难，他们总能看到大卫"哼着歌在拱廊下行走"。从很多方面来看，大卫都是坚毅这一特质的代言人。他对自己的描述几乎就是达克沃思对坚毅的定义："我已经习惯于坚持不懈地朝着心中的目标努力，并且平静地接受最终的结果。此外，厄运只要过去，我便从不为其担忧。"确实，纵观大卫的一生，我们能够看到他在持之以恒地与不幸做斗争。在某种程度上，他像是童话中的龙佩尔斯迪尔钦①。他坦然接受任何拒绝、侮辱或失败，并神奇地将这些厄运用于赞美自己。他在回忆录中有一段描述，毫不费力地将一系列失败转化成对自己的溢美之词：大学时，他没有赢得植物学奖，是因为他的思维过于开阔，不适合标准化考试；他错失昆虫学奖，是因为他过于慷慨（把奖金让给了更穷困的同学）；他没有获得法国历史奖，是因为他坚守道德（他认定规则不公平，所以并未竞争这一奖项）。历史学家卢瑟·斯波尔的学位论文主题就是大卫·斯塔尔·乔丹，他也发现了同样的现象。大卫有一种天赋，能够狡猾地去除或有意忽略那些损害他形象的信息。

---

① 《格林童话》中的角色，能够把稻草纺成金子。——编者注

　　大卫游刃有余地抵挡着那些对他形象的潜在攻击，看他这么做真是赏心悦目，几乎称得上是动人心魄。我像是在观赏杂技演员的表演，看着他呼啸腾空，翻转腾挪，完成看似不可能完成的动作。然而，面对心爱的查利的性丑闻事件，大卫是否还能全身而退，不让这种消息戳破自己和同事高尚的自我形象？他不知从哪里抓住了一个秋千、一个把柄，让自己置身事外。他指控告发者是"性变态"！就这样，嗖的一声，对查利的指责自行消失了。简·斯坦福指控他任人唯亲，他承认自己从未打开过那个装满了求职申请表的箱子，但他说这么做是为了学校好。既然他的朋友们是这个国家最伟大的科学家，那他又何必考虑陌生人呢？这样一来，那些批评反而证明了他品格的高尚。

　　看着大卫如此流畅地为自己辩护，我不禁怀疑他是否从未被这些批评伤害过。他是否过于游刃有余地用乐观之盾保护自己，所以这些批评从来不曾刺伤他的心灵？

　　无论我的猜测是否属实，他都因此受益。他失去了妻子，很快又娶了一位。他的鱼类藏品受到了破坏，但他迅速将其恢复，而且扩大了收藏规模。他不断晋升到更高的职位，奖项和奖牌接踵而来，表彰他的教学水平、他在鱼类学方面的研究成果，以及他对高等教育做出的贡献。展现在我们眼前的大卫，就是自欺欺人的奇妙魔力作用下的结果。这些小小的谎言转化成铜牌、银牌和金牌。忘掉那存在了几千年的关于保持谦逊的警世恒言吧，在一个没有神明的世界里，也许自欺欺人才是行事之道。或许大卫·斯塔尔·乔丹的例子就是最好的证据：在命中注定的逆境面前，持续的骄傲自大才是最佳的武器。

◆ ◆ ◆

"一个时代有一个时代的疯子。"英国历史学家罗伊·波特这样写道。

那么，我们这个时代的疯子会是怎样的呢？

我们的国家在系统性地训练孩子们尽可能地忽略现实，同时向他们灌输听起来悦耳的话语，以便让他们有动力继续前行。透过玫瑰色的滤镜去生活，这样的人生是否有不好的一面呢？

还真有一小群研究人员在世界各地的角落里研究上述问题。他们的研究方法也很有意思：尾随办公室和校园里那些自大的人，手拿文件夹事无巨细地记录他们在社交场合制造的每一个小差错。人们一度以为积极错觉带来的都是好处，而这些研究人员却发现事情并没有那么简单。德尔罗伊·保卢斯发现，大学生起初会被那些自我膨胀的学生吸引，但随着时间的推移，他们逐渐会对这些人心生厌倦，对他们的评价也趋于负面。托马斯·查莫罗-普雷穆齐克发现，工作场合的过分自信会让人付出高昂的代价。某个被广泛引用的研究声称积极错觉与生理健康呈正相关，但这一研究其实包含了许多错误，因此其结论也不再可靠。迈克尔·达夫纳对成百上千个关于自我提升的研究进行了综合分析，他发现，一个过分自信、自吹自擂的人最终只会被他人疏远。这些过分自信的人可能没有意识到，他们失去了在社区里树立良好口碑所能获得的便利。可能没几个人愿意借给他们自家的耙地工具，没什么人愿意邀请他们带菜到自己家来聚会，也很少有人愿意为他们介绍工作。

他们的损失不仅局限于社交生活。在自欺欺人组成的厚厚的幻象之泡沫中，痛苦在慢慢累积。威尔伯塔·多诺万发现，在宝宝不肯停止哭泣的时候，与原本就沮丧的妈妈们相比，那些过分相信自己能力的新手妈妈体会到的无助感更为强烈。理查德·罗宾斯和珍妮弗·比尔将目光投向了大学生。经过四年的研究，两人发现，那些有着积极错觉的学生在短期内会过得更开心（因为他们认为自己比实际上做得更好），但是，随着时间的推移，他们对自身幸福感的评价会急转直下。他们不断抬高对自己的认知，总有一天会掉进失望的深渊，这就是罗宾斯和比尔对这一现象做出的解释。"短期的收益，换来的却是长期的失意。"换句话说，谎言终于现了原形。玫瑰色滤镜的能力毕竟有限，当滤镜破碎的时候，自欺之人最终会被自身无能的事实反噬。

我把这些心理学家看成一群不声不响集合起来的低自我价值感的啦啦队员。

他们手中的啦啦球无精打采。

他们的欢呼不过是些低语。

保持谦卑！保持忧郁！

谁是最棒的人？

不是你！

他们的啦啦队长可能就是羞愧得抬不起头的罗伊·鲍迈斯特。这位心理学家在研究好斗性的心理成因时撞上了这些玩意。鲍迈斯特的看法与社会的传统认知一致，"好斗性的基础是低自尊"。他想要证实这一点，于是选取了一群自尊程度各有不同的大学生，然后侮辱他们，看谁最终会爆发。鲍迈斯特用他们口出恶言的吵闹程度衡量他们的暴力倾向。之后，他得到了令人吃惊的结果。这一结果与备受推崇的提升学生自尊的做法相左，他因此倍感困扰。

结果是，对自己有浮夸认知的那些人最终会爆发。换句话说，鲍迈斯特和他的同事布拉德·J. 布什曼发现了那些沮丧的人一直以来都明白的事情。如果你跟一个低自尊的人说"你太烂了"，他们会说："是，你说得对。"说完之后，他们便会带着这一标签转身离去。而那些妄自尊大的人，信心满满地认定这样的侮辱不切实际，必定会反击。

"好斗的人通常自视甚高，"鲍迈斯特和布什曼这样写道，"国家民族主义、'优等民族'的意识形态、贵族的决斗、校园霸凌，以及街头帮派的话术都能证明这一点。"同样令人感到奇怪的是，许多在积极错觉测试中得到高分的人，和大卫·斯塔尔·乔丹不谋而合。他们都拥有一个奇怪的信念，认为他们能够通过自己的双手控制世界的混乱。菲德尔·卡斯特罗曾经想建造一个屏障把古巴环绕起来，保护该国免受飓风袭击。莫斯科市市长尤里·卢日科夫想通过在云上播撒水泥粉来阻止降雪。说到水泥的屏障，美国一个曾经具有相当权力的人，也想用水泥或不锈钢建一堵"蔚为壮观"的墙，妄图阻止像风一样势不可当且丰富的自然力量。

鲍迈斯特和布什曼机敏地指出，高自尊并非只有坏的一面。他们常常忙于解释这一点，双手在空中挥舞，提醒人们注意高自尊也有其伟大之处。如他们所说，较高的自我认知能够让人出奇平静（或者如他们所说，"特别没有攻击性"）。你对自己的认知非常清晰，所以批评根本不会威胁到你的自我认知。他们认为，危险的是那一小群非常容易被威胁到的高自尊的人。

"用通俗的话说，"鲍迈斯特和布什曼写道，"那些认为自己高人一等的人并不是最危险的人。反而是那些非常想要认定自己高人一等的人……那些急于确认自我形象的人更加无法忍受他人的批评，他们会猛力抨击批评的一方。"

我的思绪回到了在标本馆看到的那条奇怪的鱼，大卫·斯塔尔·乔丹以自己的姓氏命名的那条海鱼。一条带刺的莫比乌斯环，对立的两面逐渐毫无缝隙地衔接为一个面。没有棱角的乔丹。他的这一选择是否暗藏着某种信息，承认自己的魅力之下隐藏着不为人知的黑暗面？

"乔丹极具两面性的天赋,"卢瑟·斯波尔写道,"就是他能够说服自己,他正在做的事情是正确的,接着以毫不松懈的精力达到目标……他以自己的宽容和大方为傲……但他也不会拒绝用加农炮打苍蝇。"

第九章 〜〜〜〜〜〜 **世上最苦的东西**

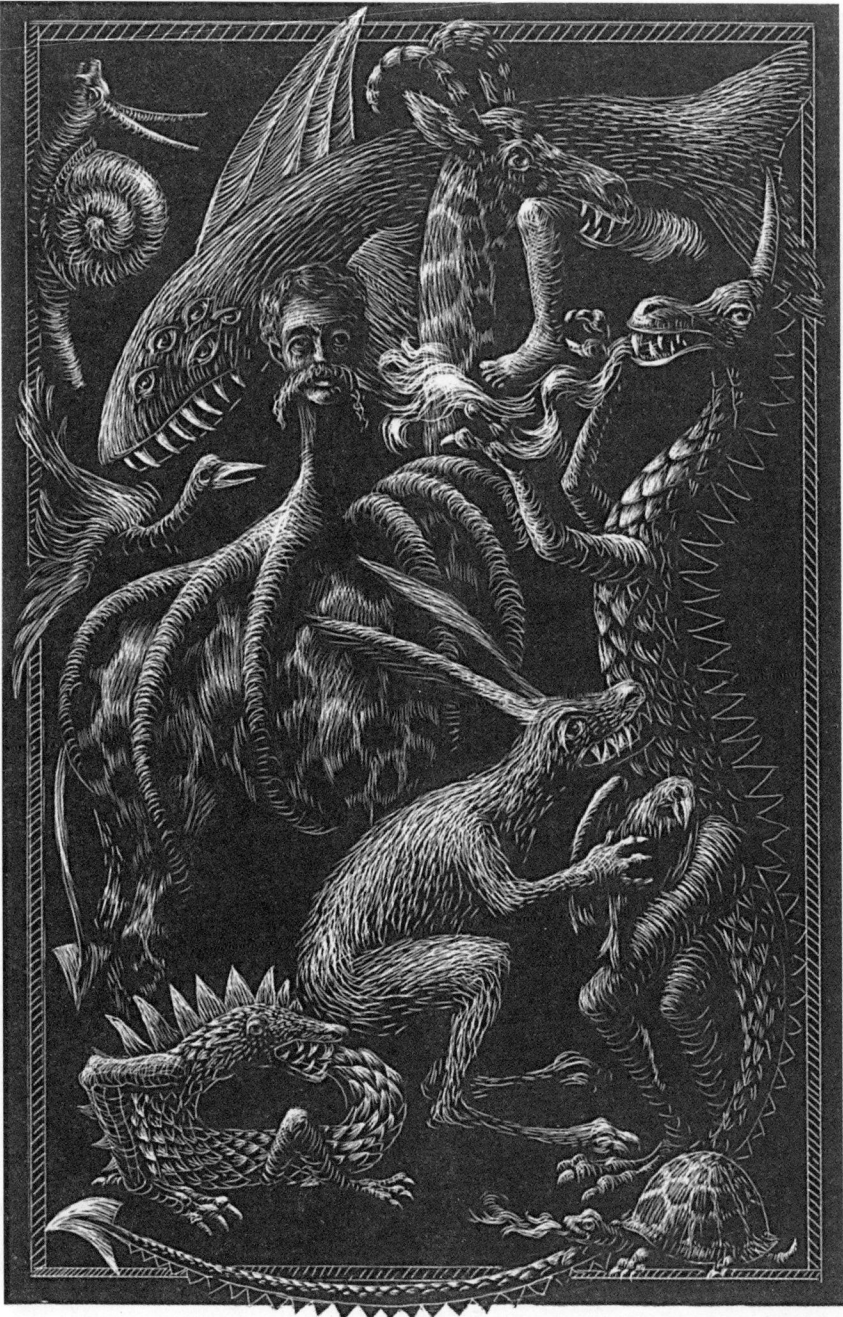

让我们回到 1905 年，即地震发生的前一年。那时，大卫的鱼类藏品仍旧堆成山，但他的校长职位似乎不保。简·斯坦福的眼线已经写好了那该死的报告，指控大卫"洗白"属下的性丑闻，像"帮派头子"一样管理大学。这份报告被递交给大学董事会，一时之间流言四起：简要开除他。

诡异的是，就在 1905 年元旦后不久，简·斯坦福被人下毒了。新闻报道称，1905 年 1 月 14 日，简待在旧金山的联排别墅里，当晚入睡前，她从厨房的水罐里倒了些水，然后喝了一大口。罐里装的是她常喝的"波兰泉水"牌[1]矿泉水。一股强烈的苦味蹿入简的口中，她立刻把手指插进喉咙催吐，并且叫秘书伯莎和伊丽莎白来帮忙。两位秘书安抚她之后都尝了尝那水，注意到水中有一股"奇怪的苦味"。两人随后把水罐拿给附近的化学家分析，发现其中含有致命剂量的士的宁[2]。

简被救了回来，但她显然大受打击。警方没有发现任何线索，他们的调查仅限于家里的员工——女仆、厨子、秘书和前任管家，最终没发现谁有嫌疑。一位小说家受雇为《旧金山观察家报》推测下毒动机，他认定是简的某个下属干的，一个"对雇主的智力和其他方面的缺陷怀恨在心"的人，这情绪由来已久，以至于"奴役的锁链带来的蔑视"发展成"最凶残的仇恨"。知道有人想杀自己，却无法查清这人是谁，简吓得赶紧坐船去了夏威

---

① 美国缅因州的著名矿泉水品牌。

② 又称番木鳖碱，是一种中枢神经兴奋剂，毒性很大。

夷，打算在热带待上几周，让自己放松下来。她带上多年的秘书伯莎和刚招来的女仆梅，三人入住莫阿娜酒店的两个房间。那是一家新开的豪华度假酒店，有爱奥尼柱、华丽的阳台和电力驱动的电梯，而且紧邻怀基基海滩。

◆ ◆ ◆

气象数据显示，简生命的最后一天气候宜人。阳光灿烂，气温达到六十年来新高。简和两位助手在岛上待了大概一周，然后决定乘车前往帕里大风口，边欣赏风景边野餐。她们带了一篮子酒店厨房准备的餐食，有刚出炉的姜饼、煮熟的鸡蛋、夹肉芝士三明治、巧克力和咖啡。接连好几个小时，她们坐在阴凉处，享受着海景，吃点小吃，互相朗读一部科幻小说。

快傍晚的时候，她们回到酒店休息了一下，晚餐随便喝了点汤。接着，简打算入睡，让伯莎给她准备睡前的药——帮助消化的小苏打和鼠李皮胶囊。伯莎给她备好了一勺小苏打和一粒胶囊。晚上九点左右，伯莎和梅回到走廊对面的房间。

青蛙呱呱地叫，浪花拍打着海岸，人们在酣睡。

晚上十一点十五分左右，简的两位助手被走廊对面传来的尖叫声惊醒。"伯莎！梅！"简在大喊，"我好难受！"两人赶紧冲去简的房间，打开房门，发现她瘫倒在地上，没法张嘴，下巴肌肉不受控制地紧绷着。透过瞪大的眼睛和咬紧的牙关，简有气无力地说道："我没法控制自己的身体，我觉得我又被下毒了。"装小苏打的汤匙已经空了，在床头柜上闪着光。就在这时，住在隔壁的男士听到了这阵骚动，跑去叫医生。几分钟后，睡眼惺忪的弗朗西斯·汉弗莱斯医生赶到，手里拿着医药包。他坐在简身旁，轻轻按压她的下巴，想帮她放松肌肉，最后只能撬开她的牙齿灌芥末水催吐。但是已经没用了，简瞪大眼睛看着汉弗莱斯医生，身体越发扭曲。她的脚趾像鸽爪一样内蜷，拳头攥得像石头，双腿摊成奇怪的一字形。简无助又恐惧地盯着某处，好像在眺望远方，又像是在回忆往事，她透过光秃秃的牙龈祈求道："哦，上帝啊，赦免我的罪。"她就这样死了，总共只挣扎了十五分钟，生命结束于十一点三十分。

几分钟之后，又来了两位医生，其中一位医生的手臂上还挂着已经用不上的洗胃器。三位医生尝了尝瓶子里剩下的小苏打，均表示有一股奇怪的苦味。警长也赶到了，他把汤匙和玻璃瓶用纸包起来，送到毒理学实验室，接着把简的尸体送到停尸房。七位内科医生被叫去尸检，因为这件案子备受外界关注。他们仔细检查简的皮肤，寻找划伤或擦伤，却没有发现任何伤口。这样一来，他们便排除了破伤风的可能性，虽然简有破伤风典型的抽搐和牙关紧闭症状。该案的病理学负责人克利福德·布朗·伍德对简僵硬的拳头印象深刻，他不断掰开她的手指，然后看着手指自行攥起来。掰开，再攥紧；掰开，再攥紧。毒理学家化验了瓶内的小苏打和简肠胃里的小苏打，两处都发现了残留的士的宁。

陪审团由六位公民组成，他们被召集到一起，查看尸体，随后参加为期三天的听证会。毒理学家说自己对简的器官进行了实验，试剂呈亮红色，为士的宁阳性反应。化学家称自己从小苏打瓶里提取了溶液，并且从溶液中析出了士的宁的白色八面体晶体。资深内科医生证实，简的肌肉僵硬程度远超正常的尸僵，"是过去（二十年的从医经历中）我从未见过的状况"。陪审团还听取了三位目击证人（伯莎、梅和汉弗莱斯医生）的证言，三人均声称亲眼看到简在短短十几分钟内抽搐而死。

陪审团用两分钟时间达成一致裁定，认定简·斯坦福死于"本陪审团尚未查明的某位或某些人恶意投入小苏打瓶中的士的宁"。

媒体提前从陪审员处打听到消息，在裁定公布前抢先曝光了案件结果。1905 年 3 月 1 日，《旧金山晚报》的头版赫然登出这条新闻：斯坦福夫人去世，死于毒杀。

◆◆◆

然而，在千里之外的加利福尼亚海岸，大卫·斯塔尔·乔丹并不认可这一结果。得知简的死亡被裁定为毒杀后，大卫立刻乘船去了夏威夷。他告诉《纽约时报》，此次行程"与旧金山和火奴鲁鲁警方展开的调查无关"，他只是去护送简的遗体返回旧金山。但当时的记录显示，大卫雇了一名医生，付给他 350 美元（相当于今天的 10000 美元）的丰厚报酬去重新调查这个案子。

大卫选的这位医生只有短短数年的从医经验，名叫埃内斯特·沃特豪斯，他根本没有检查简的遗体，也没有查看本案的任何证据，只是匆匆读完了一本关于毒药的书，同几位证人交谈了一番，并且和大卫进行了数次会面。之后，简的死因在他手中发生翻转。在他递交给大卫的打印版简报（这是大卫吩咐他准备的）中，沃特豪斯医生声称，他可以"断然否认"简·斯坦福被毒杀的裁定。他认为，在简的胃里和小苏打瓶里发现的士的宁剂量，不一定能置她于死地。

那他怎么解释她死前激烈抽搐、牙关紧闭的现象，还有她快速死亡的事实？

呃。

姜饼！

简的秘书伯莎第二次被警方找去谈话，在这之后，帕里大风口的那场野餐变成了一场变质姜饼的怪诞盛宴。伯莎说，姜饼并非她一开始跟警方做证所说（以及酒店方一直声称）的那样刚出炉，而是没烤熟。发现姜饼湿润的饼心之后，简也没有停止进食，而是一块接一块地吞食那些蛋糊。而且这样显然还不够。根据伯莎的新证言，简接着吃掉了八个三明治，里面夹着厚厚的牛舌和瑞士芝士。她喝下好几杯冰咖啡，还吃了十几颗法国糖果。为什么在这次谈话中，一场平和的野餐变成了简的疯狂进食活动呢？伯莎是受人威胁，被引诱做了假证，还是在主动坦白？我不知道答案。我只知道，大卫·斯塔尔·乔丹在岛上待了几天，随后"用人格担保"简·斯坦福并非被人恶意毒杀，而是死于心力衰竭。他向《纽约时报》透露，他"有十足把握"简死于过度劳累（因为倚靠在野餐垫上？）和过度摄入"不适宜的食物"综合引发的心力衰竭。

◆ ◆ ◆

"人可能会死于进食过多姜饼。"希玛·亚思明在电话中这么回答我的询问。她是一名医生，过去曾在美国疾病控制与预防中心担任疾病检测员。"但是在进食十一个小时之后才过世？"

简在当天中午外出野餐，当晚十一点多离世，这个时间差让希玛耿耿于怀。她说只要摄入过量，任何东西都会产生毒性（"想想吧，水喝多了都能致死！"），但她认为分两三次吃下不熟的姜饼并不会致命。至于过度劳累和暴食综合引发的心力衰竭，她认为倒是有可能，但假如死因真是如此，简更有可能在野餐时当场发作。"打电话与电力公司争论时，一个人有可能当场心脏病发作。他会焦头烂额，诱发心绞痛，他的情绪压力导致心脏血管痉挛，继而引发心脏病。但在十一个小时之后才发作？"

她停顿了一下。

"我觉得不太可能。"

她问我是否考虑过破伤风致死，我说他们没有在简的皮肤上发现伤口，随即排除了这一可能。

最后，我告诉她，毒理学家和化学家分别在简的肠胃和小苏打瓶里发现了少量士的宁，她"啊"了一声。

然后她说："看起来很像士的宁中毒。"她告诉我，这种毒药名声在外，被称为"好莱坞大片毒药"。她说："这种毒药能引发电影中常见的中毒症状，例如翻白眼、无法控制身体、抽搐——非常有戏剧张力地扭曲身体。这就是士的宁能够产生的效果。"

她还说，即便是非常微小的剂量也能在服用后五分钟内把人毒死。

"嗯……"我陷入了沉思。

我一条条给希玛列举医生对简的心脏做的记录，里面有我不明白的术语，我想确定自己没有漏掉任何可能导向心力衰竭这一死因的细节。我告诉希玛，简的心室里有含氰化物的血，她的二尖瓣和半月瓣有些许粥样斑块，但希玛的反应很平静。"你看，"她在我快念完的时候说，"你可以坚持认为我们最终都会死于心脏停搏，因为这是我们对死亡的定义。当然了，还有脑死亡这种可能性。但是，你说的这些症状听起来不像心绞痛或心肌炎，甚至连心脏病发都算不上。我相信她有心力衰竭的表现，但你知道的，在死亡过程中，她的心肌肯定也受到了影响。心力衰竭只是……最终的结果。你描述的症状听上去非常像士的宁中毒。"

◆ ◆ ◆

大卫·斯塔尔·乔丹可没办法联系到未来的美国疾病控制与预防中心的检测员，显然他更赞同自己花钱得到的解释——自然原因致死。登岛四天后，他向《纽约时报》透露，作为"一名医学博士"（他声称自己"差点获得"这一学位），他"无比确定简并非死于毒杀"。

她的死因？进食过多的姜饼。

在简的胃里和小苏打瓶里发现的士的宁？

他用"治病用的"这个解释打发了。

不过还有一个细节需要大卫自圆其说，或许这是最关键的一个证据。根据一位目击证人的描述，简的身体是从内部开始出问题的。就在简体内的生物电开始不听指挥地让她张开双腿、咬紧牙关的时候，她竭尽全力用舌头传达了一条关键信息："我觉得我又被下毒了。"

针对这一点，大卫和沃特豪斯医生提出了一种最符合逻辑的说法："发癔症。"当然啦，简是在假装被下毒！装抽搐！装……死？这位杂技演员在空中翻转腾挪，完成看似不可能完成的动作，甚至连简对自己死因的解释也逃不过他的精神控制，真是神乎其神。

在岛上的最后一个早晨，大卫起床后待在酒店房间里，拿出一沓酒店的信纸，开始撰写公开声明，让毒杀的论调永远消失。

他写了几个字，接着划掉。他决定绝口不提之前的毒杀裁定——最好谁都没听说过。他提出自己的医学判断，认定简是自然原因致死，死因是过度劳累和暴食造成的心力衰竭。在声明的结尾部分，他盛赞夏威夷的医生，虽说他不认同他们的医学观点，但他感谢他们如此"慷慨""乐于助人且富有同情心"。接着他签上自己的名字，把信装入信封，交给一位律师朋友，指示朋友在他动身回家之后将其公开，这样他就不用和医生们尴尬对质了。

之后，只剩下一件事。他穿上得体的套装，洗去手上的墨水，慢慢走到火奴鲁鲁的中心联合教堂，用刚搓洗过的手掌拂过简·斯坦福棺材的冰冷把手。他深吸一口气，和另外三人一起完成为简抬棺的任务。

◆ ◆ ◆

大卫的声明在媒体公布后，夏威夷的医生们大吃一惊。他们即刻组团发出反对声明，内容如下：

> 她并非死于心绞痛，因为她没有心脏病发的症状，她的心脏状态也无法支持这一诊断。以斯坦福夫人这样的年纪和精神状况，在半小时内死于歇斯底里的癫痫，这种说法相当愚蠢……没有哪家医学会能够不假思索地认定如此荒唐的死因。

"愚蠢?!"大卫立刻反击,声称关键的医学证人汉弗莱斯医生是"一个没有任何职业或个人立场的人"。夏威夷的医生马上为汉弗莱斯医生辩护,此时大卫指控他们串通一气——虚构毒杀的诊断,从尸检和死因调查的过程中收取费用。多么荒唐的指控,想想这件事的相关人员有多少吧(各位医生、赶来帮忙的萍水相逢的酒店住客、简的秘书和女仆、警长、殡仪馆的人,还有验尸官)。但这些事都不重要。

因为大卫既有威望又有权势,而且整个国家对这块岛屿领土的关注度本来就不够。基于诸如此类的原因,夏威夷的医生们对简死因的判断从未在美国本土站住脚。

◆ ◆ ◆

浏览斯坦福大学的官网时,你会发现这里几乎没有关于"简可能死于谋杀"的内容。简·斯坦福的过世被标记为"未有定论"。而点击"认识一下乔丹校长"这个标题,一路翻阅大卫·斯塔尔·乔丹的大段简介时,你会发现有一句话透露了他在简·斯坦福的死亡中可能扮演的角色:"简于1905年2月因不明原因去世之时,乔丹赶去夏威夷认领她的遗体——有人认为他此行的目的是压下简被毒死的报道。"不过即便是这种含沙射影的句子也是最近才添加的。将近一个世纪的时间里,简都被认定为自然原因致死,任何更加恶毒的传言都被有意忽视,最终完全消失。

关于简死亡的种种细节，我是从一本薄薄的灰色小册子中读到的。这本细致入微的书名叫《简·斯坦福的神秘死亡》(*The Mysterious Death of Jane Stanford*)，由医学博士罗伯特·W. P. 卡特勒于 2003 年出版。罗伯特·卡特勒是斯坦福大学的一名神经病学家，临终之前的那段时间，他忙于研究某个项目。某天查找资料时，罗伯特偶然在旧报纸上读到一篇关于简·斯坦福被下毒的调查报告，这让他大为吃惊。他是个历史迷，并且以母校斯坦福大学为荣，为什么他从未听说斯坦福大学之母竟然有可能是被毒死的？于是他开始深入调查，发掘相关线索。他可以在线上数据库中看到验尸报告、法庭记录和证人证言，这些资料静静地留在夏威夷，等待着被人查看。

不过，当时的罗伯特已经无法离开他位于加利福尼亚州利弗莫尔的山顶住宅了。他患有严重的肺气肿，只能待在家里，远离室外的尘土，靠氧气罐维系生命。于是，在妻子玛吉和火奴鲁鲁、旧金山乃至华盛顿的档案保管员的帮助下，他收到了邮寄过来或（由玛吉）取回并放到自家办公室内的各类文档的扫描件，开始详细阅读并把自己的发现整理成文。

书中没有一个单词是罗伯特编造的。他没有随意猜测任何人的动机或情绪，只是尽量清楚地把证据摆出来，从其源头摘取大段内容。你会感觉自己仿佛是在亲耳聆听过去的声音。验尸官的报告、证人的证词、法庭记录，他把这些事实直接讲给你听。这本细节丰富的书是罗伯特为未来送上的一份礼物，他拼尽全力从谎言中提取出了真相。罗伯特将整理好的文稿送至出版社，并且看到了第一版的问世，在这之后，他就离开了人世。

在书中，罗伯特·卡特勒这位拥有三十多年资历的医学博士清楚地表示：基于简死前的症状，以及在她胃里和小苏打瓶中发现士的宁的这一事实，他确信简死于中毒。追溯大卫·斯塔尔·乔丹在简死后的所作所为，罗伯特认为，他很难不得出"大卫试图掩盖简被下毒的事实"这一论断。大卫为什么要这么做？可能是为了让斯坦福大学远离丑闻，也可能是出于其他原因。罗伯特·卡特勒没有给出确定的结论。

其他学者的研究更为深入。布利斯·卡诺坎，一位斯坦福大学的英语教授，研究了简和她的眼线之间的通信，认为她被谋杀的时间相当微妙。他写道，大卫，为了保住自己的校长职位，"有作案动机"。理查德·怀特是斯坦福大学的历史学家，他开设了一门名为"谁杀死了简·斯坦福"的课程，希望发掘出更多线索。每个学期，他都向十几位学生提供相关档案，让他们去寻找新信息。怀特目前猜测伯莎是下毒的人（为了拿到一部分遗产），但他也认为简死亡的时间对大卫来说实属"幸运"。怀特越发相信，无论对简下毒的人是谁，大卫都在掩盖这一事实。他的学生不断发现简死后大卫的可疑行径：相熟的人给大卫去信，保证吃太多可以致死；一位不明身份的人给大卫去信，声称大卫会因为掩盖罪行"在死后受到审判"；简的眼线给大卫去信，说自己

"不会因为钱闭嘴"。还有一点很奇怪：几十年来，大卫一直坚称简是自然原因致死，尽管这件事早已不再有争议。而且，随着他年纪渐长，他总会在奇怪的场合为此发声——演讲、报纸文章、信件等。怀特想知道，为什么大卫会大费周章地反复强调这个版本的解释。在他看来，大卫自始至终为简的死亡所困扰。

◆ ◆ ◆

我开车前往罗伯特·卡特勒位于山顶的住宅。这是一段漫长的路程，我沿着单车道穿过发黄的草地和干燥的泥土，一路上尽是之字弯。终于到达山顶后，玛吉在露台上迎接我，她丈夫没法享受家里的露台，因为花粉和尘土对他敏感的肺而言非常危险。玛吉领我进了厨房，给她自己和我各倒了一杯咖啡。她对我说，看着丈夫越到生命的终点越痴迷于研究案件，整日埋头书堆而不是陪伴自己，她心里很难过。但她也说，她认为丈夫心中有一种责任感，想让简的声音被大家听到，尽管这件事的真相已经尘封多年。我向她询问，虽然罗伯特在书中费尽心力不去指责大卫·斯塔尔·乔丹涉嫌谋杀，但他私下是否想过大卫难逃干系？

"他百分之百确信是乔丹干的。"玛吉不假思索地说。

"真的吗？"

"当然，他认为乔丹坏到骨子里了。"

不知为何，回去的车程好像没那么长了。我沉浸在自己的思绪中，想着我对大卫·斯塔尔·乔丹奇妙的痴迷，还有我那仰仗他带领我走出自身混乱的希望。他身上有那么多让我钦佩的特质：他嘲讽的语气；他对"隐秘角落里微不足道的"花儿的关注；他那搞笑的海象胡，让我想到爸爸略显滑稽的长柄地板刷；他钢铁般的脊梁和果敢的决心，让他一路上不管面对什么困境都不会皱眉头。这就是拥有如此自信的后果吗？让一个人变得铁石心肠，面对挫折无动于衷，甚至可以践踏一个女人的生命，或者至少试图掩盖她死亡的真相？

◆ ◆ ◆

刚听说了罗伯特·卡特勒的书，我就致电一位退休的斯坦福大学档案管理员，她告诫我不要被那些理论带偏，说那本书"根本不值一提"，完全是"臆测"之作。"那位博士需要一个反面人物。"她说，并极力劝我别看那本书，告诫我不要被他的一面之词糊弄。历史学家卢瑟·斯波尔说，卡特勒的书让他相信简·斯坦福死于中毒，但若要暗示大卫是幕后真凶，则是"异想天开"。

我最终还是来到了斯坦福大学的档案馆，在这里，几十箱大卫·斯塔尔·乔丹的日志、书信、未发表的文章和手绘作品等着我。我每天申请阅读的资料都达到馆内允许的上限。一个清晨接着一个清晨，阳光在窗外引诱着我，桉树的清香也低声唤我出去，但我全都置之不理。在成箱的文件中，我努力搜寻明确的定罪证据。

第五天，我翻到了一个装满大卫画作的文件夹。日期显示这些画创作于简去世几年之后。这次，纸上画的不再是花朵，而是怪物。一只又一只的怪物，和过去那些花儿出自同一双谨慎的手。怪物的色彩奇异奔放，有长着山羊头的龙虾，有身披彩虹尖刺的豪猪，还有自尖牙上滴下鲜红血液的食肉袋鼠（育儿袋里还有一只食肉小袋鼠）。一条接一条的龙，一个接一个的怪物，各色的山羊角。它们在喷火，在滴血，嘴里还有尚未完全吞下的人的残肢。在其中一幅画中，三只乌贼在吞自己的尾巴；在另一幅画中，鲨鱼、狼和蛇从夜晚的天空中钻出来。还有一幅画，画里有一个蓄着海象胡的男人。他站在人群后面，看着前方戴着花边帽的女人。这个男人，在众多男人之中，是唯一长着魔鬼尖角的人。两只角在男人的头上隐约地显现轮廓，像是刚装上没多久。

在一个装杂物的箱子底部，我发现了一张小小的长方形卡片，由简·斯坦福的哥哥查理斯寄给大卫，感谢他在简去世后送花表示哀悼。我脑海中浮现出大卫阅读卡片的情形，他的大拇指按在同一张卡片上，我不由感到一阵恶心。我还翻到一篇从报纸上裁下来的文章，纸张对折，所以无法一眼看到里面题为"专家解密乔丹博士的声明"的内容。记者在文中驳斥了大卫关于简自然死亡的说法，通过一件件证据将简的死因指向中毒。在文章的结尾，记者声称大卫·斯塔尔·乔丹一定在"掩盖罪行"，并警告说凶手仍逍遥法外。

　　档案管理员的说法是对的吗？我一边思考这个问题，一边翻阅上千页的文件，大卫的皮屑趁机钻进我的鼻孔。我正在做的事情，是否和我怀疑大卫在做的事情一样——扭曲事实以维持自己世界观的完整？我是否间接证实了爸爸的理论，即自信能够腐蚀人心？

　　我对大卫的怀疑不断增加，但我还是强迫自己想想他好的一面，并将其牢记在心。我仔细阅读杰西的回忆手稿，她在文中将大卫称作她生命里的"奇迹"。他写了那么多诗，歌颂这世界上"隐秘角落里微不足道的事物"——海绵、海星甚至杂草。我读到他为保护海豹免于被过度捕猎做出的不懈努力，也掂过刻有他名字的沉甸甸的奖章，这是为了表彰他对推动和平做出的努力——反战是他晚年的热情所在。我读到他写的名为《山姆大叔①的腹腔神经丛在哪里》的文章，他认为美国最脆弱的地点是位于大西洋中的武器制造枢纽。一个过分依赖"杀戮事业"的国家，他写道，是"不走正道"。而美国发展的潜力，在于一国的"公立学校……提供对学生有用的课程，传播跨越种族的友谊以及法律面前人人平等的意识……这才是一国的力量之源"。我拿起他的日志嗅了嗅，那时他还是一名年轻的废奴主义者，会把这个小小的皮质册子装在胸前口袋里。这本日志闻起来像熔化的黄油，里面满是毛毛虫、蜘蛛和树叶的手绘。

---

① 美国的绰号及拟人化形象。——编者注

◆ ◆ ◆

我两手空空地回到家。

怅然若失，一如既往。

几个月之后，我发现了让人后背一凉的细节。那时我正在翻阅大卫的捕鱼手记《鱼类研究指南》（*A Guide to the Study of Fishes*），希望能从中找到答案。我面带笑意地阅读他友好的序言，他向读者保证，在任何地方都能找到鱼类，即便是在"古老的潮汐池或树桩根部深深的涡流中"。我翻阅他给下颌骨、胸鳍和鱼鳔绘制的配图，然后在第四百三十页，我看到了那个细节。在题为"如何捕捉鱼类"的章节，他向读到这里的顽强读者透露了一个秘密，他最喜欢的用来对付最麻烦的鱼的诀窍。该如何搞定那些钻进潮汐池的石缝中，试图逃脱追捕的鱼？下毒。有没有特别推荐的毒药种类？一剂危险的猛药，一种他口中"世上最苦的东西"：士的宁。

第十章　～～～～～～～　**名副其实的恐怖陈列室**

大卫·斯塔尔·乔丹的校长权力在简·斯坦福去世之后随即瓦解。校董事会对他匆忙解雇简的眼线朱利叶斯·戈贝尔大为不满，于是投票剥夺了他解雇教职工的权力。1913 年，董事会干脆把他架空。他们让大卫保留名誉校长的头衔，但夺去了他余下的全部行政权。

突然有了成堆的空闲时间，大卫给自己找了个新爱好。在过去的捕鱼旅程中，他曾几次到访意大利阿尔卑斯山区一个名为奥斯塔的小村庄。在那里，他看到了令人震惊的现象。奥斯塔村可以说是一个心理或生理上有残疾的人的避难地，几百年来，天主教堂为那些因身体状况被家庭抛弃的人提供住处、食物和照顾。这些人最后大多变成了技艺娴熟的工人，在田间或厨房劳作，他们找到了爱人，并结婚生子。一座颠倒的城镇出现了，在这里，不正常才是正常，那些在社会上没法生存的人获得了必要的支持，得以繁衍生息。

一些人在这个村子里看到了美好，认为天主教堂是在以最具人性之美的方式帮助社会上最脆弱的生命，让他们得以有尊严地生活。但大卫·斯塔尔·乔丹在 19 世纪 80 年代到访该地时，将其描述为"名副其实的恐怖陈列室"，称这里充斥着"智力不如鹅……仪态不如猪的人"。

这么多年来，奥斯塔村一直让大卫感到不舒服。他担心这个村子证明了路易斯·阿加西的观点，即动物界会出现一种现象：退化。大卫错误地认为，海鞘和藤壶等固着动物，由更高等的鱼和螃蟹"退化"为这种懒惰、孱弱、简单且低能的形式，最终靠寄生获取营养。往大了说，他认为，任何对动物的长期帮助都会导致该种动物在生理和认知上的衰退。大卫错误地理解了自然界的运行方式，并将这种臆想的现象称为"动物贫困"。他担心这便是奥斯塔村正在面临的危机，担心那里的人正在退化为"新的人种"。于是他决定写一本书，警告公众这种慈善行为的危害，即导致"不合格者的存活"。他在书中建议彻底除掉这些"白痴"，并将其作为阻止全世界范围内人类"衰退"的唯一手段。他还着重强调了一个刚问世几十年的词，在他著书时，这个词尚未在美国流行开来，他用相当的热情和科学权威为其加冕，并在美国国土上大力推广。

这个词便是"优生学"。

◆ ◆ ◆

早在 1883 年，一位名叫弗朗西斯·高尔顿的英国科学家便创造了"优生学"这个词。高尔顿是一位著名的博物学家，还是查尔斯·达尔文的同祖表兄弟。《物种起源》刚出版，高尔顿就通读了表兄的大作，他深受启发，将这本书称为"我个人心智发展的新纪元"。高尔顿渐渐明白，是自然界的选择改变了地球上的物种，他随即想到，或许人类可以倚仗这种进化方式，有选择地培育优等人种，淘汰那些他错认为与血液相关的特质——贫穷、犯罪、文盲、低能、滥交等等。这种除掉劣等人群的技术被高尔顿称为"优生学"，由希腊语的"优秀"和"出生"这两个词结合而来。他开始向每一个愿意听他说话的人（他可是达尔文的表弟！）炫耀他那听上去很有科学依据的复兴欧洲大计。

高尔顿在高级聚会和优质媒介上广泛宣扬自己的想法，后者包括《自然》杂志以及《麦克米伦》杂志。他甚至写了一部名为《不可说之地的优生学院》（*The Eugenic College of Kantsaywhere*）的科幻小说，描绘了一个只有通过严格测试才能获准繁衍后代的社区。在这里，任何试图逃避测试的人都会被丢进监狱，受到"严惩"。高尔顿认为自己的书讲了一个快乐的故事，是挽救人类免于衰退的指南。

很多人驳斥他的看法。要不是一小群颇具影响力的科学家狂热地为他站台，优生学只会停留在小说情节之中。大卫·斯塔尔·乔丹一直反对"伪科学"，可他却是最早一批极力鼓吹优生学的科学家之一。他痛快地干了优生学这杯酒，开始四处编造各种可遗传的个性特质。就连他最忠实的粉丝兼传记作者爱德华·麦克纳尔·伯恩斯都得承认，这些说法实在是荒唐。"大卫过分重视生物学方面的遗传性，以至于人的所有个性特质在他看来都可以归因于遗传。"贫穷、懒惰、给鸟儿分类的能力，全都流淌在血液之中！

大卫·斯塔尔·乔丹是把高尔顿的理论带回美国的先驱之一。早在 19 世纪 80 年代，大卫已经在自己于印第安纳大学开设的课程中引入该理论，而要等到几十年后，美国才会涌现出一大批狂热的优生学家。大卫告诉学生，"贫困"和"道德败坏"等特质可以遗传，因此"要像抽干臭水沟那样予以根除"。之后，他把这些理论带出教室，向大批声名显赫的政治家发表演说，告诫他们"只有人类优质繁衍，国家才能长久"。1898 年，他发表了第一篇支持优生学的文章，随后又出版了一系列支持清理基因库的书，包括《人类繁衍》（ *The Human Harvest* ）、《国之血》（ *The Blood of the Nation* ）、《你的家族谱系》（ *Your Family Tree* ）等等。在大卫笔下，所有他想从地球上清除的人群——穷人、酒鬼、白痴、道德败坏者——都被丢进同一类别之中，贴上"不合格者"的标签。"不合格者"！多么朗朗上口的一个词，蛊惑人心而又简单易懂。一个词就能涵盖他的想法，让我们明白哪些特定的族群有生存的权利，能受到科学庇护。"不合格者"！不是某个人的判断，而是自然界的选择。

巡回演讲期间，大卫会在沿途的教堂和救济院停留，告诫那些致力于救助他人的人，说他们的所作所为相当危险，"提高了不合格者的生存概率"。他向这些人分享奥斯塔村的前车之鉴，说那里已经变成了"甲状腺肿患者"和"低能儿"的游荡之地，那些人流着口水，到处行乞，举止粗俗。他说，在奥斯塔村，一个老妇人"像狗一样舔我的手"。他还让人根据他的说法用素描画出他在奥斯塔村遇见的人：一个老妇人拄着拐杖，疯狂地挤眉弄眼，她缺了几颗牙齿，脸上还有疣子；一个男人的脖子上有个像椰子一样大的甲状腺肿块。他警告人们，如果再不采取行动，人类就会沦落到与奥斯塔村一样悲惨的境地。至于解决办法？一些优生学家提出给社会精英发钱，让他们多生孩子，充实基因库的"优质"基因。另一些优生学家则建议在上层社会实行多偶制。大卫·斯塔尔·乔丹认为自己的办法更棒：切实执行他曾向学生们提议的优生绝育计划。巡回演讲时，大卫向听众们保证，只要切除那些"不合格者"的生殖器官，就可以保证"每个白痴都不会有后代"。

大卫的这些演讲，再加上其他早期优生学家的类似论调，使得绝育手术在私下里蔚然成风，全美各地时不时出现一些暗中处决的行为。1915年，芝加哥一位名为哈里·海塞尔登的医生任由残疾婴儿自行死亡，因此获得"黑鹳"的称号。有传言称，伊利诺伊州的一家精神病院有意用带有肺结核病菌的牛奶杀死病人。学者保罗·隆巴尔多勇敢地曝光了这段历史，据他所言，有一批医生给"不合格者"绝育并以此为傲，还有更多医生以"悄无声息的方式"——暗中营业且未获得法律许可——进行绝育手术。

但大卫·斯塔尔·乔丹是个虔诚的清教徒，不可能去做违法的事，于是他开始主张将优生绝育写入法律。1907年，在大卫来自布卢明顿的一些朋友的帮助下，强制性的优生绝育在印第安纳州合法化，这在美国乃至世界范围内都是首例。两年后，大卫促使该法案在加利福尼亚州通过。他对这项事业的投入令人瞩目，于是被邀请担任美国繁育协会优生委员会主席。他欣然接受。

　　我不敢相信，我所受的教育完全没有提及美国在优生运动中发挥的领头作用。但优生学似乎和新潮女郎以及 T 型汽车一样，成了美国文化的一部分。这可不是什么边缘运动，它获得了两党的支持，20 世纪的前五任总统都看好它的前景。许多有声望的大学，从哈佛大学、斯坦福大学、耶鲁大学、加利福尼亚大学伯克利分校一直到普林斯顿大学，再到西海岸的其他院校，都开设优生学课程。市面上有优生杂志、优生化妆品，甚至还有优生竞赛。这种竞赛通常在州级市集上举办，人们撑开喜庆的白色帐篷，从参赛者中评选出最优质的家庭和最棒的婴儿，把婴儿们当南瓜一样测量和称重。最好的皮肤、最圆的脑袋和最对称的特质都会被授予蓝丝带。

　　而那些被视作失败者的人呢？越来越多的州通过优生绝育法案，其中包括康涅狄格州、艾奥瓦州和新泽西州。感染性病？咔嚓。癫痫发作？咔嚓。非婚生子、有犯罪记录、大学测验分数偏低？咔嚓。咔嚓。咔嚓。

　　不过，实际的绝育比例依然不高。根据在大卫的推动下确立的优生绝育法，一个"不合格者"要先同司法、医疗、教育或福利系统接触，之后才能做绝育手术。接着，1916 年，一个名叫麦迪逊·格兰特的美国人出版了一本优生学的书，后来这本书被一位名叫希特勒的德国人奉为"圣经"。在这本名为《伟大种族之延续》（*The Passing of the Great Race*）的书中，格兰特提出一项政策，与高尔顿在科幻小说中主张的观点有些类似：政府应当打着做慈善的幌子，将整个国家所有"道德败坏、有精神缺陷和遗传缺陷的人"骗到一起，然后对他们实施绝育手术。美国的优生学家们觉得这个主意很棒。十几年后，希特勒通过了德国的第一部强制绝育法，美国的优生学家兼医生约瑟夫·德贾内特扼腕叹息："我们在自己的领域内被德国人击败了。"

并非所有美国人都拥护这个通过基因清洗创造美好社会的计划。反对的声音也不小。1910年，美国律师协会主席斥责优生绝育为"野蛮行径"；俄勒冈反绝育联盟的代表律师称之为"暴政和镇压的机器"；天主教的反对最为强烈，理由是绝育亵渎了生命的纯洁。1906年，宾夕法尼亚州州长塞缪尔·彭尼帕克将世上第一部强制绝育法扼杀在萌芽中，他说："纵容这样的手术，就是在迫害那些无助的群体……那些州政府承诺保护的人。"

科学界也涌现了成堆的反对声。越来越多的学者将优生学的科学理论称作"一派胡言"，他们指出，后天环境才是关键因素，它决定了许多优生学家认为应当通过绝育根除的特质：贫穷、滥交、文盲和犯罪。其他科学家质疑"退化"这一概念和"做慈善会导致生理退化"这一理论，他们不相信生命会以大卫所说的方式"倒退"，不相信海鞘等生物是因为寄生而退化为披有囊包的固着动物。这些怀疑之后都被证明并非空穴来风。

关键点在于《物种起源》这本书，大卫和他的前辈弗朗西斯·高尔顿都忽略了书中的一条关键信息。在达尔文看来，什么是使得某个物种变得强大的最佳方式？到底是哪种因素，能够让该物种历经考验生存下来，并且经受混乱的各种强有力的打击——洪水、干旱、海平面上升、温度波动、竞争者入侵，以及天敌和害虫？

答案是变异，基因层面的变异，继而表现为生物的行为特征和生理特征。同质性无异于死刑。一个物种没有突变体和异类，就会暴露在遭受自然侵害的危险中。在《物种起源》中，达尔文几乎每一章都在赞颂变异的力量。拥有多样基因库的物种更健康强壮，不同个体之间的交配则赋予后代更强的"生命力和繁殖力"，就连能够完美自我复制的蠕虫和植物也具备交配能力，让基因库保持多样性。达尔文对此赞叹不已。"这些事实是何等奇异啊！"他喊道，"倘若我们用不同个体间的偶然杂交是有益或必需的这一观点来解释这些事实的话，又是何等简单明了啊！"

杂交的另一种说法是"丰富基因序列"。环境变化后，我们不知道哪些特质会变得有用。达尔文想尽办法警告人类不要干预这一过程。在他看来，人类容易被表象蒙蔽，无法理解基因的复杂性，而这便是最大的隐患。那些看起来"不适应环境"的特质可能对一个物种或生态系统的生存有利，或者待环境变化之后，这些特质会有利于该物种生存下去。长颈鹿有了那难看的脖子才具备胜过对手的优势，看似笨重的皮下脂肪让海豹在逐渐变冷的环境中生存，被视作怪异的人类大脑或许藏着大多数人无法理解的发明、发现和变革的关键。"人类仅能对外在的和可见的性状加以选择：自然界并不在乎外貌……（她）作用于每一件内部器官、每一丁点体质上的差异以及生命这一整部机器。"

我们来看看蓝细菌的例子。它不过是海洋里一个小小的绿色微粒，几百年来在人类眼中不值一提，甚至一度连名字也没有。直到 20 世纪 80 年代的一天，科学家突然发现我们呼吸的氧气有很大一部分是它制造的。现在，我们对它表示尊敬，那小小的绿色微粒，将由我们尽力去保护。这正是达尔文早已预见的场景，他向人类发出警告，直截了当地反对将自然的馈赠进行排序，因为"哪些类群最终能够稳操胜券，却无人能够预言"。

这份谨慎，这份谦卑，这份对超越人类理解力的生态多样性的尊敬，实际上由来已久。这是一个基本哲学概念，有时被称作"蒲公英原则"：在某些情况下，蒲公英是必须铲除的杂草，而在另一些情况下，它却是人为培育的珍贵药材。

优生学家没考虑到这个无比简单的相对性原则。他们试图铲除基因库中"必不可少的"多样性，结果却破坏了培育优良人种的良方。

◆ ◆ ◆

然而，上述的种种论据，不管是哲学、道德还是科学方面的论据，似乎都没能动摇大卫对优生学的信念。他和其他优生学家一起，批评那些反对者幼稚、感情用事、迟钝到无法顾全大局。"教育永远无法代替遗传，"大卫在名为《你的家族谱系》的优生学图书中如是说，"关于这点，有一句阿拉伯谚语说得很明白：'爸爸是野草，妈妈是野草，你能指望女儿长成番红花吗？'"

面对甚嚣尘上的反对声，大卫更加努力地推进美国的优生绝育计划。大卫的一位朋友是个寡居的女性，名叫玛丽·哈里曼，大卫说服她捐出 50 多万美元（相当于今天的 1300 万美元）资助优生学档案办公楼（简称 ERO），一个光鲜亮丽的优生学研究机构，位于纽约科尔德斯普林港。在这里，研究人员着手收集上万美国人的大量数据，随后他们利用这些信息绘制家族图谱，揭示贫穷、犯罪、滥交、欺诈和喜爱海洋（他们称之为"嗜海性"）这些由血液决定的复杂现象。他们的确得出了一些有用的结论，例如白化病和神经纤维瘤的遗传规律，但其他结论大多是不真实的。该机构的研究人员惯于篡改数据，把谣言当作事实来解读。现在我们已经一致认定，代际的贫穷或犯罪倾向，根源在于无法摆脱潜在的环境因素影响。

尽管尊贵的 ERO（该机构还从卡内基科学研究所和洛克菲勒家族获得了大量资助）孜孜不倦地展开研究，但到了 20 世纪 20 年代，公众对优生学的态度发生了转变。越来越多实施绝育手术的医生吃了官司，新泽西最高法院决定废除优生绝育法，因为该法"明目张胆地泯灭人性、践踏道德"。看上去，大卫在全美推行优生绝育计划的梦想终将成空。

这就要轮到阿尔贝特·普里迪登场了。

普里迪是个医生，头发梳得锃亮，负责掌管位于弗吉尼亚州林奇堡的州立癫痫病和虚弱人士病院。他是一名狂热的优生学家，因为给"发花痴、有漫游癖、满嘴脏话"甚至上课传纸条的女性绝育而声名在外。1917 年，一位名叫乔治·马洛里的男子起诉普里迪，指控他在自己外出工作的时候给自己的妻子和女儿绝育。而普里迪医生的理由是什么呢？他说，一栋房子里只有女人，没有男人当家，那么这里一定是家妓院。

"我也是人，和你一样，"马洛里在得知普里迪的所作所为之后给他写信，"你应当为自己感到羞耻……认真想想她们遭受了什么。"法官站在普里迪这边，但是病院方受到诉讼压力，催促他谨慎实施绝育手术。然而，普里迪不仅没有悔改，还变本加厉。他开始寻找案例向陪审团证明"低能"可以遗传，而且必须通过绝育来终结。

1924 年，普里迪医生终于找到了他所渴望的证据。这年的某一天，一个名叫卡丽·巴克的年轻女人被送到病院。她是个孤儿，十七岁时被强奸并因此怀孕。分娩之后，她被养父母送进病院。卡丽站在普里迪医生门前，她的脸上有他熟悉的东西：高高的颧骨，深邃的目光。原来，卡丽的亲生母亲艾玛·巴克因为被控卖淫也待在这家病院。意识到两人的母女关系之后，普里迪让卡丽的宝宝薇薇安接受 ERO 的一位知名优生学研究人员的测试。该研究人员进行了几项测试，例如在宝宝眼前移动一枚硬币或拍手测试她的注意力等，最终判定小薇薇安"有退化症状"。这一官方测试让普里迪得到了他多年来一直渴望的东西：证明"低能"可以遗传给两代人。

一位名为欧文·怀特黑德的律师被指定为卡丽·巴克的代理律师。他声称自己反对给卡丽实施绝育手术，但学者隆巴尔多的研究显示，怀特黑德是优生绝育的支持者，因此他很有可能与普里迪事先串通好了。控方指控卡丽"居无定所、愚昧无知且一文不值"，怀特黑德却没能为她提供像样的辩护（她在校成绩优秀，邻居和老师都愿意为她的人格做担保），只是不断上诉至最高法院。

时间来到1927年，那年4月，大卫·斯塔尔·乔丹七十六岁了，他的身体逐渐虚弱。就在几年前，他的儿子埃里克——小埃里克，芭芭拉的替身——已经成长为一名古生物学家。然而，埃里克在一次标本收集途中因车祸过世，年仅二十二岁。大卫悲痛欲绝、精疲力竭，多年接触甲醛让他的视力逐渐减退，身体也变得虚弱。他慢慢地看不清东西，还得了糖尿病。再过几年，他就要坐进轮椅了，但收音机里传出的报道让他重焕活力。一位科学家代表 ERO 这个大卫帮助创办的机构向最高法院提交证据，断言"道德败坏"存在于血液中，可以通过强制绝育予以清除。这一观念曾经只是大卫脑海中模糊的想法，如今却经过他的传教，变成了这个星球上真实存在的事物。一个如此具体的结论，被堂而皇之地写进联邦法条。

九位脸色阴沉的陪审员审阅那位科学家提交的证据，那些花言巧语和精美的家族谱系，暗示绝育是保障公民免于犯罪、疾病、贫穷和痛苦的可靠方式。他们审视这个女孩，卡丽，她胆小又容易相信人。第一次听证会的时候，他们问她是否要为自己说些什么，她答道："先生，我没什么说的……全看陪审团的意思。"陪审团八票赞成，一票反对，让强制绝育合法化，"以防我们人类陷入无能的泥沼"。

五个月后，卡丽·巴克被送进林奇堡的州立癫痫病和虚弱人士病院。她被直接带进一栋低矮的砖砌小楼的二楼，那里有一扇天窗，可以为手术提供额外的光线。她躺在手术台上，耻骨上方被切开一道口子。外科医生用探针确定了她两侧输卵管的位置，迅速在每根输卵管上扎住两个相近的位置，然后将输卵管从中间剪断。接着医生用苯酚封住切口处，这样绝育手术就完成了。

卡丽醒来，迎接她的是新的事实：这世上永远不会有孩子继承她那独特的双眼和各种独一无二的特质了。"他们对我做了错事，"她后来这么说，"他们对很多人都做了错事。"

针对卡丽的裁定为超过六万起绝育手术铺平了道路，这些手术完全合法，违背人的意愿，在美国各地以"公众福祉"的名义进行。很多"不合格者"已经被遗忘，但研究人员还是努力曝光了他们能找到的记录。2007 年，亚历山德拉·明娜·斯特恩，密歇根大学的一位历史学家，在萨克拉门托政府办公室内一个老旧的档案柜里发现了一套微缩胶卷，上面印着优生学的登记表——从 1919 年到 1952 年，在大卫的第二故乡加利福尼亚州被强制绝育的所有人的姓名和人口学特征。有近两万人登记在列。

斯特恩带领一个团队，花费数年时间分析这些记录，一起拼凑出"不合格者"的真正含义，以及哪些人群属于这一类别。斯特恩写道，被划为"不合格者"的"多为被控滥交的年轻姑娘，墨西哥、意大利和日本移民的儿女……以及那些跨性别的男女"。根据其他研究，有色人种女性被绝育的比例出奇地高。美国政府也已经承认在 20 世纪 70 年代早期强迫两千五百名原住民妇女绝育。20 世纪 60 年代至 70 年代，北卡罗来纳州的优生学会搜捕了几百名黑人妇女并为之绝育。最耸人听闻的是，从 1933 年到 1968 年，约三分之一的波多黎各妇女被美国政府实施绝育手术。

顺便说一句，让上述一切成为可能的裁决，仍被保留在最高法院的案件记录中。是的，这一裁决从未被推翻。在美国法律的最高层面，仍然有法条这么规定：如果政府认定你"不合格"，它就有权力把你从家中拖出来，拿刀刺穿你的腹部，切断你的血管。

虽然多数法学家会告诉你，从专业角度来说，该法悬而未决，因为所有州都已经废除了优生绝育法。但现实是，全美仍有将近一半的州允许对"不合格者"实施非自愿的绝育手术，只不过现在换用"精神障碍"或"精神缺陷"等词语来形容手术对象。与此同时，强制绝育仍旧在全美"悄然"进行——发生在服务低收入群体的医院、精神科诊所、监狱、残疾人服务机构等等，大多数绝育手术没有被记录在案，因此很难发现。不过每隔几年就会有一些大案子被曝光出来。2006 年至 2010 年，加利福尼亚州的监狱内有近一百五十位妇女被非法绝育，不仅没有经过她们的同意，有时甚至不会在绝育后告知她们。2017 年夏季，田纳西州一位名叫萨姆·本宁菲尔德的法官被曝光与轻刑犯进行交易：只要同意绝育，就可以换取减刑。

就是这样。同样的想法，与高尔顿一样的思维模式。这位法官认为，贫穷、痛苦和犯罪倾向流淌在人的血液中，而一把手术刀就足以将这些弊端从社会中铲除。优生学在美国根本没有消停下来，我们甩不掉它。

漫步位于华盛顿的国家广场，走到第二十一街向北看，你就能看到他——弗朗西斯·高尔顿，他的铜像矗立在美国科学的圣殿，即美国国家科学院的入口处。若你沿着斯坦福大学的校园主干道漫步，第一个迎接你的雕像就是路易斯·阿加西。这个信奉黑人属于低等种族的人，还在校园里的科林斯柱之间指点科学的江山。他的背后是一栋巨大的砂岩楼，有荡气回肠的拱廊和黏土瓦构成的楼顶。这栋楼的名字致敬了那位曾周游全国，大力呼吁"清除"社会中最脆弱的群体的人——它叫乔丹楼。

第十一章 ～～～～～～～ 梯子

直至行将就木之时，大卫·斯塔尔·乔丹仍是优生学的狂热信徒。他没有任何临终时的醒悟或忏悔，不管是对成千上万因他的所作所为被打上耻辱烙印的人，还是对那些在他挣扎着维持权力时被他踩在脚下的人——简·斯坦福、被他造谣中伤的医生们、被他解雇的简的眼线、被他指控为性变态的图书管理员。

这一事实让人不寒而栗。他的无情，他的不知悔改，他堕落之深，他的暴行涉及之广，让我感到恶心。这么久以来，我竟然是在以一个恶棍为榜样。他对自己和自己的想法过于自信，甚至能够漠视理性，漠视道德，漠视成千上万的人大声乞求他看看自己行事之错——我也是人，和你一样。

怎么会这样？

那个贴心的男孩，曾如此投入地照顾"隐秘角落里微不足道的事物"，他怎么会变成一个对曾经保护的东西拔刀相向的人呢？他在人生的哪个岔路口改变了方向？又是什么让他做出了如此选择？

把大卫的性格特质摊开来看，罪魁祸首似乎是他引以为豪的那枚厚实的"乐观之盾"。大卫拥有"令人发指的自信，相信自己想要的就是对的"，学者卢瑟·斯波尔这么写道。让他吃惊的是，随着时间推移，大卫的自我确定、自欺欺人和固执己见似乎只增不减。"当他相信自己选择的道路是有利于进步的正当途径之时，他扫清道路障碍的能力也成倍增长。"虽然大卫在公开场合强烈反对自欺，但私下里他却相当依赖这一特质，特别是在他经历磨难之时。他相信，是人的意志决定了命运。或许那群心理学家说得对，积极错觉，如若不加以审视，也会转化成邪恶之物，击退任何阻碍它的东西。

但这就是全部的原因了吗？大卫对优生绝育计划的推进有多努力、多深入？过分自信、坚毅和骄傲是危险的混合体，这一点确凿无疑，但大卫如此迅速地投身于基因清理事业，却无法用上述的这些性格特质来解释。

我将目光投向大卫的过去，寻找那个转折点，那个改变他人生方向的事件或想法，那个让他不幸地走上歧路的原因。我回溯他的各个生活阶段：穿越太平洋的航行、帕洛阿尔托的伊甸园、布卢明顿的大火、纽约北部童年的星空。一年又一年，我仔细搜寻他的故事，分析他与各色人等的邂逅，在书页与书页之间，我一罐罐标本、一条条鱼看过去。

最终，我发现自己来到了佩尼克斯岛的谷仓，头顶有一圈盘旋的燕子。我盯着路易斯·阿加西在年轻的大卫心里种下的萌芽。那是一个小小的信念：自然内部建有一架梯子，一架自然阶梯，一个细菌在下、人类在上的神圣等级。客观来说，越向上越好。

这个想法重塑了大卫的世界。过去他那为人不齿的收集花朵的习惯，一下子转变为"最高等级的传教工作"，他内心的空洞一下子被这个目标填满。这个目标引领他度过一生，帮他获得工作、嘉奖、妻子、孩子和校长职位。这个目标让他投身于工作，并且撑过一场又一场灾祸。他继续向前，把自然当作指南针，相信某个鱼鳍的形状或某个头骨中包含着道德指引。他相信，如果他观察得足够仔细，他就能知晓哪种生物值得效仿，哪种生物值得谴责。如此一来，他便能找到通往光明与和平的正确路径，并摘到位于梯子顶端的胜利成果。

当他认为人类面临着衰退的风险时，他觉得自己有责任出手挽救，为了达到这一目的，他愿意采取任何必要的手段。他把自己对自然秩序的信仰像手术刀一般在空中挥舞，说服人们相信绝育是最可靠的，也是唯一的挽救人类的方式。

"我真希望他想想奥利弗·克伦威尔说过的话。"一个6月的清晨，卢瑟·斯波尔在电话中这么对我说。他试图弄明白自己研究多年的这位对象。"那句话是：看在上帝的分上，算我求你了，想想你犯了错的这个可能性吧。"

"你是说希望他有更多怀疑精神？"我问道。

"对。"

但大卫没有这么做。尽管他的导师警告说"一般而言，科学与信仰并不相符"，大卫却迅速接受了阶梯理论。他牢牢抓住这一信仰，平静地面对一波又一波能够腐蚀该信仰的反证。

在达尔文现身驳斥上帝造人的理论之时，大卫接受了"地球生物的出现纯属偶然"这一观点，但他仍旧坚信完美阶梯的理论。他告诉自己，不是上帝，而是时间铸造了这架阶梯。时间一点一滴地塑造了更适应环境、更聪明、道德更先进的生命形式。

当美国社会对优生绝育计划的反对声甚嚣尘上，法官、律师和州长开始反对优生绝育法时，大卫写文章斥责他们感情用事、不尊重科学。在科学家质疑优生学，指出该学说对道德遗传性和退化概念的含糊其词之时，大卫反过来质疑他们的勇气和他们对建造一个更好的社会的信念。

不过最有力的反证或许来自自然界本身。如果大卫真像他所说的那样从自然之中寻找真相，他就会发现那一堆鳞片闪光、长着羽毛、咯咯直叫、咕咕作响的反证。在几乎每一个人类自认为有优势的领域，动物都更胜一筹。乌鸦的记忆力比我们更棒，黑猩猩的图形认知能力比我们更强，蚂蚁会援救受伤的伙伴，寄生虫更忠于一夫一妻制。认真观察了地球上的各种生命之后，你得费很大力气才能整理出一个人类高居榜首的单一等级制度。我们没有最大的大脑或最棒的记忆力；我们不是跑得最快的，不是最强壮的，也不是最长寿的；我们不是唯一能从一而终、具有利他精神、会使用工具和语言的物种；我们拥有的基因序列并不是种类最丰富的。我们甚至不是最新出现的物种。

这就是达尔文费尽心力希望读者明白的一点：世上没有阶梯。他用科学的语言呐喊，自然界中无飞跃。我们所说的阶梯不过是一种想象，与其称之为真相，不如说它是一种"便利之举"。对达尔文来说，寄生虫并不令人生厌，相反，它是一个奇迹，一个绝妙的适应案例。世上的生物有大有小，有长羽毛的，有披鳞片的，有带突起的，还有光滑的。这样的丰富程度足以证明，在这个世界上，有无数种存活和繁衍的方式。

那么，为什么大卫没能看清这一点？堆积成山的证据拍打着他对阶梯的信仰。为什么他如此维护这一无端的信念，认定植物和动物应当按照一定的顺序排列？当反证一次次涌现时，他为什么变本加厉，用这一信仰为他的暴力措施背书？

或许是因为，这信仰带给他比真相更为重要的东西。

不仅是佩尼克斯岛上一个年轻人的人生火花，不仅是一份工作、一份事业、一个妻子和一种优渥的生活，而是某种更深刻的东西。一种将那翻滚的泥沼，那复杂的海洋、星空和令人目不暇接的生活，变得清晰明亮、井然有序的方法。

从他第一次阅读达尔文的著作，到他最后一次支持优生学，在这两个时间点之间，不管大卫何时放弃对阶梯的信仰，都意味着他重新回到了混沌之中。他被打回原形，又变成了那个迷惘的小男孩，在夺走了哥哥的世界面前瑟瑟发抖。一个被吓坏的孩子，无力面对这个没法理解、没法控制的世界。放弃那个等级制度，无异于释放生命的龙卷风，甲虫、鹰隼、细菌和鲨鱼都将被卷进高空，围绕着他，在他头顶盘旋。

那将是极端的迷失。

那将是混乱。

那将是——

我从小就一直极力拒绝面对的世界。那种跌进世界缝隙的感觉，像是与蚂蚁和星辰一同坠落，没有目的，也没有意义。在混乱的旋涡中，那残酷无情的真相昭然若揭：你无关紧要。

这就是梯子对大卫的意义。一剂解药，一个立足点，一种可爱又温暖的价值感。

如此一来，我终于理解了大卫，理解了他为什么要固执地坚持这种对自然秩序的解读，为什么要如此狂热地维护它，甚至不惜与道德、理性和真相为敌。即便我鄙视他的做法，但在某种层面上，他所追求的正是我渴望的东西。

◆ ◆ ◆

我合上大卫·斯塔尔·乔丹的回忆录，橄榄绿的第二卷也是最后一卷。我仍借宿在希瑟位于芝加哥的公寓里。坐在这间小小的客房内，我把大卫的回忆录放在床头柜上。夜晚很安静，希瑟留宿在城市另一头的男友家，城市热烈的灯光透过窗户照进来。

天上有几颗星星，不太容易发觉。天空被人类搞成一片糟糕的粉色，星星就躲在其后，眨着眼睛。我回到了一直挣扎着想要逃离的地球。在这个惨淡的世界上，不管你做什么，不管你多么相信自己的使命，不管你多么努力地忏悔，都不会得到安慰和承诺。我把自己生活中许多宝贵的东西都搞砸了。我不打算继续自欺欺人，那个卷发男人不会再回来，大卫·斯塔尔·乔丹不会带我走进美好新世界。我们没法战胜混乱，这世上没有指引和捷径，不可能仅靠念句咒语就把一切都变好。

那么，放弃希望之后，我应当做些什么，又该去哪儿呢？

第十二章　～～～～～～　蒲公英

通往林奇堡的路两侧都是枪店，就连加油站也在卖枪。"新款格洛克手枪！"店里打着广告，"快来射击场！弹药七五折！"我开车前往州立癫痫病和虚弱人士病院。在这座围着高墙的集中营里，大卫最疯狂的想法被转化为现实：成千上万的人与社会隔离，被拘禁于此，并且被强制绝育。

过了詹姆斯河，我右转开上病院路。这是一条铺有路面的单行道，约一英里长。病院门前有一个铺着砂石的停车场，在这里，我可以望见远处的蓝岭山脉，群山起伏，远远望去仿佛一片翻涌的薰衣草花海，美丽而触不可及。

我走上前去，发现这家病院已经没有大门了，只剩下在一侧高耸着的砖砌矮墙，像是在为来访者展示旧日的院界。我看到一个标志牌，上面注明这里是禁烟区，而曾经的病院如今叫弗吉尼亚中部培训中心。我惊讶地发现还有一些残疾人住在这里，而这个培训中心依然是一家州立护理机构。不过，在我这次拜访过去几年之后，培训中心就关门大吉了，因为有人曝光这里的居住环境不合规定。

院区比我想象的还要大，六十多栋楼杂乱地分布在好几百英亩①的土地上。我把车停在一栋阴森的砖砌大楼前面。这栋楼共有四层，顶上还有一层白色塔楼，一架巨大的楼梯通往大楼入口处，六根白色的柱子环绕在入口周围。这栋楼就是病院的主楼，

---

① 1 英亩约合 4046.86 平方米。——编者注

无数人曾在这里接受检查，被认定不适合延续自己的基因。除我的车外，停车场内只停了一辆警车，跟我的车隔着两个车位。我不确定能不能待在这里，但还是试探着走出车外。

我走过一条条小路，经过几十栋笨重的砖楼，黑色的霉迹浮现在这些砖楼的外墙上，诉说着它们均已被废弃的事实。这家机构仍在使用的区域更靠近山脚，远离这些令人毛骨悚然的遗迹。我路过一片曾经是谷仓和田地的地方，多少年前，那些被关押的人就在这里被迫养牛、养猪，种植各种作物，而全部利润都归病院所有。我路过一个凉亭、一套秋千，还有一片墓地。美洲鹫盘旋在广阔而空荡的天空中。

我穿过墓地大门，发现里面有一千多座坟墓。埃玛·毕晓普，八岁；多萝西·米切尔，十二岁；艾尔弗莱德·斯奈德，三岁。每座坟墓前都只有一块小小的长方形墓碑，上面满是灰尘。

我继续向前走，脑内浮现出一个令我不寒而栗的想法：这个远离人世的山顶，正是优生绝育计划的发源之地。我们通常认为这一计划与美国的意识形态相悖，在学校里，我们教育孩子们这种罪行发源于纳粹，发源于国外，发源于那些坏人，可实际上，美国才是世上首个在全国范围内通过优生绝育法案的国家。

最终，我走到了卡丽·巴克被绝育的那栋楼。那是一栋低矮的砖楼，外墙边缘都已破败，门廊上的木质地板条起胶脱落，排水管上也布满锈蚀。一道铁链封住了入口，旁边写着：危险，请勿入内。门廊下方有一扇地下室的窗户开着，我走过去，趴在窗边往里瞧。我看到了一排下沉的房间，墙面破败。就在这时，一阵冷风扑面而来。我向上看，目光触及顶楼窗户——四块玻璃已被打碎，白色的窗帘随着微风扬起。它还不知道，屋内已经无人需要靠它来遮蔽阳光、获得安慰或掩藏自己了。

我永远失去了采访卡丽·巴克的机会。1983 年，卡丽在弗吉尼亚州的一家养老院内去世。卡丽的女儿薇薇安更是早在几十年前就离开了人世，年仅八岁的她死于麻疹并发症。去世前不久，她还上了当地小学的荣誉榜。

不过，经过几个月的搜寻，我最终找到了一位对这家病院再熟悉不过的人。童年的大部分时间，她都被关在这里。她叫安娜，看上去就像是妈妈的朋友：她留着灰色短发，穿着花衬衫，背一个皮包。

我们约在 DQ 冰激凌店见面。我跟她都点了蘸巧克力酱的香草味甜筒。她告诉我，她的衬衫下面有一道巨大的疤痕，竖直划过她的腹部。疤痕呈紫色，而且高低起伏。她说自己尽力不去看它，不管是在洗澡的时候，还是在早晨穿衣服照镜子的时候。"不过，我每天都会想到它。"她说。

1967 年，十九岁的她在州立癫痫病和虚弱人士病院被强制绝育。然而，十二年前，七岁的她就已经被关在了病院的砖墙之内。一个邻居发现她和她的兄弟们在自家后院的围栏里光着身子玩耍，周围无人照看。弗吉尼亚州的社工接走了他们，虽然孩子们根本不想走。安娜爱她的妈妈，爱妈妈的长发和一切，妈妈还会在夜里冷的时候让安娜爬上自己的床。但邻居的担心、父母的穷困和安娜智力测试的低分足以让七岁的她被判定为"不合格者"，一个对人类退化的威胁。

安娜记得自己被塞进一辆巡逻车，沿着一条狭长的路开往山上的病院。大门开启，一个警卫招手让他们通过。她和她的兄弟们被推搡着踏上那栋阴森主楼的巨大台阶，她不知道自己为什么要在那里。

安娜没有立刻被绝育。他们先是剪去了她的长发，然后分给她一个病院号码，让她就这样等着。一年又一年，她等待着，而与此同时，就在重重大门之外，蓝岭山脉的远处，她本可以拥有一个无忧无虑的童年。

安娜说，他们在病院里就像动物一样，被赶进空旷的睡觉区，被强迫无偿劳动，等待吃饭的时候要在室外列队，就算外面在下雨或下雪也得这样。如果他们不听话，就会被关进"小黑屋"，那里既没有灯也没有窗户。他们被丢进这黑暗的环境中，有时要待上好几天，没有吃的，没有喝的，也没有厕所。她还记得光脚踩在自己尿液里的感觉。她害羞地跟我说自己被强奸的事，不是在小黑屋，而是在心理医生的办公室。他关上门，把她的腿绑在检查床上。

他们告诉安娜，她想离开病院很容易。他们说，只要同意绝育，她就自由了。但年幼的安娜拒绝了这个要求。她听说有人死在手术台上，也眼看着越来越多的墓碑填满那块小小的墓地。

另外，她想要孩子。孩子是她唯一的梦想。她想组建一个充满欢笑和温暖的家，她知道自己有这个能力。而在某种程度上，那些工作人员肯定也清楚这一点，因为他们给安娜安排的任务就是照顾其他孩子——给他们洗澡、唱歌，帮他们穿睡衣，哄他们睡觉。她适合照顾病院里的其他孩子，却不被允许有自己的孩子。

那么多年里，她一直拒绝绝育，希望有人来带她走——她的父母、校长，或是在某处不懈斗争的某个人。她拒绝放弃母亲的身份，拒绝把这一部分的自己交由工作人员处置，拒绝交出活下去的希望。

60 年代初的一天，病院里来了一个小女孩。她叫玛丽，整个人瑟瑟发抖、惊恐不已。她只想回家。"我跟她说，别担心，一切都会好起来的。"安娜说。十三岁的安娜承担起了照顾小玛丽的责任。她推玛丽荡秋千；在两人同男孩说话的时候，她让玛丽攥着自己的衣服；她告诉玛丽哪些员工要小心应付，哪些员工会给她们糖果。玛丽后来告诉我，如果没有安娜，她不知道自己能不能在病院里活下来。

最终，安娜从少女长成大人。她的腿上长出肌肉，她的心里生出勇气。她想办法翻过了围墙，逃进树林里。她跑啊跑，跑下山，跑过树林，跑向山脉，跑向铁路，跑向一切外面的东西，但她还没跑进城就被警察抓住了。他们开车把她送回病院。大门在她身后关上，她因为试图逃跑遭到毒打——他们把她的头往墙上撞。

"不合格",不是一句简单的评语,而是对她的人生做出的裁决。

时间来到 1967 年 8 月。几个月前,安娜刚满十九岁。这是闷热的一天,护士说安娜需要接受一项检查。她把安娜带到检查室,在她脸上绑上面罩,然后离开了。安娜看到四周的墙壁开始起伏,她的视线也渐渐变得模糊,她以为自己正在被安乐死。"我以为我就要离开人世了,没想着还能醒来,"她对我说,"但我醒过来了。"

安娜醒来,发现自己的肚子上缠着绷带,在绷带之下,凌乱的二十五针缝线企图掩盖一桩掠夺的罪行。没人告诉安娜他们对她做了什么,他们只是说,她很快就可以离开。

现在安娜住在一套两室的公寓里,距离仍旧盘踞在山上的病院不过几英里。公寓的另一位住客是玛丽,安娜十三岁时就结识的朋友。过去的十几年间,两人一直住在一起。从林奇堡出院后,玛丽嫁给了安娜的弟弟罗伊,这段婚姻并不长久,但安娜和玛丽非常享受成为一家人的感觉。从那时起,她们一直以姐妹相称。

我来到她们的公寓前,安娜为我开了门。玛丽坐在乐至宝[①]沙发上,举着拐杖朝我招手,想要给我一个拥抱。我听见鸟儿的

---

① 美国家具品牌,功能沙发是其旗舰产品。

叫声，于是她们给我介绍家里养的一对长尾小鹦鹉。它们分别叫漂亮男孩和漂亮女孩，一只黄色，一只蓝色。家里植物成林，有常春藤、多肉植物和悬垂的喜林芋。沙发上有一个坐得笔直的娃娃，身穿白色连体衣，脚蹬一双小小的粉色球鞋。一个人类婴儿的完美复制品，有着蓝宝石一样的眼睛和塑料材质的双唇。

玛丽抱了抱我。安娜赶去厨房给我倒冰茶，顺便给玛丽的杯子里也添了点。她把杯子递给我们，然后坐在玛丽旁边的同款乐至宝沙发上。她告诉我，离开病院后，她们决定搬到同一条街道上住。

"他们说安娜没法照顾孩子，但她把我的孩子照顾得很好。"玛丽说。她逃过了病院的绝育手术，几年后和第二任丈夫有了一个男孩。安娜和她住得很近，分分钟能赶来照顾孩子。"只要我开口，不管什么时候安娜都在！"

"他是个可爱的孩子，真的。"安娜说。她会带着这个孩子去公园，他很喜欢安娜追他玩，总是一边尖叫着跑走，一边回头看安娜有没有追上来。安娜的声音渐渐微弱："我一直想要小孩，但我没法生。"

"呃。"玛丽说。为了打破沉默，她赶紧转移话题，打趣孩子也没有想象中那么好："光是医院的账单就……"

安娜开始抖动肩膀，接着玛丽也开始抖肩，笑声填满了整个公寓——玛丽响亮的大笑和安娜温柔的轻笑。安娜拿来一张玛丽儿子的照片，他现在已经长大成人了。照片中的他有一头黑发，下巴像电影明星，他张开手臂，环抱住自己的一群孩子。

"跟她说说你的孩子。"玛丽说。于是安娜向我介绍坐在沙发上的娃娃。"这是小玛丽。"她说。安娜告诉我，她去哪儿都带着小玛丽，去教堂带着，去沃尔玛超市也带着，每天晚上还抱着小玛丽入睡。安娜说，几年前她和玛丽住在一辆拖车里，某天飓风袭来，彻底摧毁了那辆拖车。她和（人类）玛丽那天刚好出门了，但小玛丽被埋在了废墟之下。现在安娜无法忍受再把她一个人留在家里。

这时，玛丽插话说，安娜带着娃娃到处走，有时会被投以异样的眼光。就在不久前，公交车上有个女人一直盯着安娜看。"我跟安娜说：'别把娃娃放在一边！抱着她，别管其他人怎么说！那是你的宝宝。'"安娜微笑着，在娃娃的光头上拍了拍。她把小玛丽的玩具奶瓶稍微拉开一些，擦掉娃娃嘴边并不存在的牛奶。接着，她把娃娃搂在怀里，娃娃消失在她的怀抱中。过了一会儿，安娜松开娃娃，轻轻地摇着她，给她拍嗝，拍拍她后背的棉花。

我问安娜，她怎么看待像大卫·斯塔尔·乔丹这样的人。这些人宣扬的理论让她失去了那么多东西——自由、童年、生孩子的梦想。安娜说，她感到愤怒。

但她不让自己的眼里只有愤怒，不让自己过分关注那道疤痕。她过着那些优生学家做梦都想不到她能过上的生活。她喝特别凉的冰茶；她给自己的植物浇水；她买来涂色书，给一页又一页的动物增添欢乐的色彩：一只冲浪的狐狸，一只划船的狼，一只兔子、一只蜗牛和一只蝴蝶在跳康茄舞。她自己钱不多，却依然省下来哄朋友开心。去年圣诞节，玛丽的儿子和孙辈无法赶来与她共度节日，听到这个消息后，安娜为玛丽送上了一份绝妙的礼物：一只鲜活温暖的仓鼠。玛丽看到它的第一眼就爱上了它，并为它起名"铁腿将军"。玛丽向我展示她每天早上跟它打招呼的方式：把它从笼子里捞出来，用自己的脸颊贴着它小小的抽动的脸颊。我似乎能听到它发出的呼噜声。旁边的鸟笼里，一个小巧的迪斯科球灯在日光中徐徐转动，为客厅投下无数片细碎的彩色光点。那对长尾小鹦鹉，漂亮男孩和漂亮女孩，它们伸展各自的羽翼时，看上去就像是在拍手。客厅似乎在随着迪斯科球灯一同旋转，而我们三人杯中的冰块也不时地叮当作响。就在这一瞬间，客厅成了动物园，动作和光线此起彼伏，笑声和温暖源源不断。这里鲜活无比，充满生命力。

◆ ◆ ◆

　　我驱车离开她们的公寓，在路上，我思考着那些优生学家的理论："不合格者"的生命毫无价值，在某种程度上，他们甚至有可能对社会造成威胁。我感到出离愤怒。

　　我想到安娜肚子上突起的疤痕。那该是一种怎样的感觉？只要她向下看，就能看到最高法院的裁决：她毫无价值。那些优生学家赐予她这条"紫色丝带",就像送出一份礼物,宽容地允许她活下去,而不是当场杀掉她,尽管他们很可能希望如此。

我在想,如果大卫·斯塔尔·乔丹看到我的姐姐,他可能也会认定她是个"不合格者",因为她在收银台工作时会紧张不安。他大概也会对我做出同样的判断。我的悲伤为他所不齿,那是一种道德败坏的信号。他会认为我口中散发着硫黄味,所作所为不过是在浪费生命。

我想要漂亮地反击,想要大张旗鼓地告诉大卫他错得离谱,想要让他知道,我们很重要,非常重要。但我的拳头刚攥紧没多久,我的大脑就给我泼了一盆冷水,因为很显然,我们不重要。我们无关紧要,这就是宇宙的冷酷真相。我们不过是世间的微粒,一瞬生,一瞬死,对宇宙而言毫无意义。也许这样说很怪异,但如果我们忽略自身不重要的这一事实,那么我们就与大卫·斯塔尔·乔丹一样滑入了误区。他正是荒唐地认定自身具有优越性,才犯下了如此令人难以置信的暴行。每一个脚印,每一次呼吸,都要承认我们无关紧要,这才是看清现实的正确行为。否认这一点,就是在犯罪,在撒谎,在将自己推向妄想、疯狂,甚至更糟的境地。

啊,真是一团乱麻。

一条衔尾蛇咬着自己的尾巴。

一条蓝尾石龙子爬上高处复仇,却被老鹰带来的真相击落。

我陷入了困境。

◆ ◆ ◆

　　和安娜、玛丽一起坐在她们家客厅的那个上午，我问了安娜一个愚蠢的问题，一个自私且任性的问题。她向我讲述自己被拘禁、被虐待、被强奸的经历，她曾被人指责反应迟钝，被人推进泥里，被人打破下巴，被人切掉生育器官，而我问她："是什么让你有动力活下去？"

　　我一直在向每个人寻求这个问题的答案，在某种程度上，这个问题困扰我的一生。正是为了寻找答案，我才会花那么多年的时间研究大卫·斯塔尔·乔丹。还是个小女孩的时候，我就问过爸爸这个问题。我找不到答案，所以才不愿意放弃那个卷发男人，他能为这个冷酷的世界带来许多欢笑和乐趣。我想靠近他那份戏谑的性格，我想让自己也拥有那种气质，然而，不管我多么深入地搜寻，不管我多么广泛地求问，我似乎始终都无法找到答案。

　　安娜看着我，她的眼神里有不确定的意味，她在思考这个问题。我看向客厅的植物，给她一点出神的空间。

　　一阵沉默。最后，玛丽插话说："因为我呀！"

　　安娜笑了起来。没错，对，就是这样。"因为玛丽。"

　　玛丽当然是在开玩笑，她打破了这个僵局，将我们从我的失言中解救出来。但我越是思索她的故事，就越想了解答案。我回想她们的公寓，回想她们成对的沙发、成对的长尾小鹦鹉和成对的盛着冰茶的玻璃杯，回想小玛丽靠在沙发上，而仓鼠在笼子里打转。我发现了当时的我没有意识到的事物：两人之间看不见的纽带。她们细腻地照应彼此，互相打消心中的悲伤，为对方的每一个笑话捧场，努力让气氛保持轻松。

这么多年过去了，安娜仍旧在照顾玛丽。安娜负责给客人开门，负责给玛丽拿饮料，负责给植物浇水，因为玛丽膝盖疼得站不起来。安娜还介绍玛丽和现在的男友迈克认识。如今的安娜身材更矮小、性格更胆怯，没有获得与玛丽同等的成功（玛丽有孩子，有孙辈，她机智幽默，一直不缺乏浪漫关系），但她仍是保护玛丽的那个人。她仍旧会推玛丽荡秋千，她尽全力从世上寻得各种乐趣让玛丽开心，不管这乐趣看上去有多么微小——一架秋千、一杯冰茶、一只仓鼠。

全于玛丽，每一次和她接触，你都能感受到她对安娜的感激。她不介意自己的朋友这么在乎一个娃娃，相反，她鼓励安娜去爱这个娃娃。她指着娃娃脖子上那串彩色珠子穿成的项链说："那是我做的！"我能想象，玛丽独自坐在自己的房间里，静静地把珠子一个接一个串在尼龙线上，用心准备给朋友的惊喜。你能看出，她时刻准备回报安娜在病院里对自己的庇护。她在回报中找到自己的意义。

我继续向前行驶。在低垂的暮色中，我意识到她俩向我展示了别的线索，那套公寓之外的线索。她们跟我说，有个叫盖尔的教友每个月会过来几次，给她们做饭、处理账单、和她俩聊天。玛丽的继子乔希几乎每天都给她们发搞笑短信。一位名叫马克·博尔德的律师斗争多年，为安娜争取强制绝育的经济补偿，最终争来 25000 美元，却坚持不收律师费。邻居格兰特每天早晨都在阳台上跟她打招呼。公寓楼的前台埃博妮被她俩称为"守护神"，在拖车被飓风摧毁之后，是她动用很多关系让两人住进这栋公寓楼。我记得在前台登记的时候，埃博妮听说了我要拜访的人是谁，然后抬眼说："哎呀！那两位是我的小可爱！"她指给我看桌上贴着的安娜的画：一只打盹的小狗，一只脸红的狐狸。她说自从两人踏进这套公寓，她就沐浴在她们的感恩之中。她说，自己受不起这份感恩，但在需要应付各种租客的抱怨的每日每夜里，她们的感恩能让她获得片刻喘息。

慢慢地，一幅画面在我的脑内浮现：人们互相扶持，编织出一张小小的社会关系网。一次友好的招手，一幅铅笔画，串在尼龙绳上的几个塑料彩珠。这些微妙的互动在外人看来没什么，但对网中人来说呢？那意味着一切，是把一个人同这个星球连接起来的纽带。

这就是优生学家为人所不容之处，他们甚至没考虑过这种社会关系网存在的可能性。他们没有想过像安娜和玛丽这样的人能实实在在地丰富她们身边的世界，回馈更多的光芒，让这张网变得更加紧密。没了安娜，玛丽不知道她能否在病院里存活下来。安娜做了一件很了不起的事，不是吗？生与死的区别难道还不能说明什么吗？

那一瞬间，我突然明白了。说安娜重要并非虚言，说玛丽重要也同样如此。而且——坐稳了，各位，你们也很重要，我的读者。

这么说并非虚言，而是更加准确地理解了自然。

这正是蒲公英原则！

对某些人来说，蒲公英不过是株野草，但对另一些人来说，蒲公英却有着更为重要的含义。它是药商的药材，可以清肝明目，滋润皮肤。它是画家的颜料，是嬉皮士的王冠，是小孩的愿望。它是蝴蝶的养料，是蜜蜂的交配床，是蚂蚁巨大嗅觉地图上的一个站点。

所以，作为人类，我们一定也有着丰富的含义。从星辰、永恒或优生学视角下的完美状态来看，一个人的生命似乎无关紧要，我们不过是一颗微粒上的一颗微粒上的一颗微粒，转瞬即逝。但这也只是无尽观点中的一个观点而已。在弗吉尼亚州林奇堡的一套公寓里，一个看似无关紧要的人会变得意义重大。她是替身母亲，是欢笑之源，她支撑着另一个人度过最黑暗的时光。

这正是达尔文努力想让读者明白的事实：世上并非只有一种给生物排序的方式。执着于某一种等级顺序就错失了全局，无视了自然的混乱真相，"生命的完整机制"。好的科学要超越我们对自然界得出的"省时省力"的结论，看到直觉之外那错综复杂的所在。好的科学要让人明白，在我们目光所及的每个生命体内，都藏着我们无法理解的复杂属性。

我继续开车，想象世上所有蒲公英一起对我点头，因为我终于看清了真相。它们在车窗外冲我招手，挥舞着手中黄色的啦啦球，鼓励我继续前进。过了这么长时间，我终于找到了反击爸爸的论据。我们很重要，我们很重要。对这个星球、这个社会和我们身边的人来说，我们的重要性都是确定无疑的。这么说不是在扯谎，不是在感情用事，也不是在犯罪。这是达尔文的信条！反之，说我们无关紧要，并认准这一点，才是谎言。这种观念太悲观，太死板，太短视。用最脏的词形容：不科学。

我轻轻拍了拍方向盘，感觉自己搭在人造皮革上的手指变得更轻巧了一些，也更能掌控人生的方向盘了。

但在我的前路上，在所有人的前路上，依然有一个问题：空荡荡的地平线。尽管我们坐在温暖的车里，开着车头灯，心中怀抱着希望，但我仍然相信我们的统治者冷漠无情，前方等待着我们的是一片虚无。没有希望，没有庇护，没有光亮。不管我们做什么，不管我们如何互相依靠，都将如此。

不过，那是因为我尚未理解大卫故事的真正结局。

第十三章 ～～～～～～ **有如神助**

9月一个舒服的早晨，大卫·斯塔尔·乔丹的人生终于走到了尽头。八十岁的他待在家里，被各种他热爱的事物环绕——犬类、鸟类、植物，以及人类。前一天，他经历了一场严重的中风，大脑的生物电终于背叛了他。他慢慢地离开了这个世界，桉树丛用散发着松树和薄荷香味的薄雾带走了他的最后一丝呼吸，火棘用刚结的明艳艳的橘色果实为他鼓掌。地球慢慢地绕着太阳转动，大卫眼中最后的景象很有可能就是他最初的挚爱：群星挂在朦胧的天空。

不知不觉中，大卫去世一周年了。不久之后，他的妻子杰西举办了一个小型花园派对来纪念他。她敞开家门欢迎加利福尼亚州的学子。会有人来吗？她暗自琢磨。有人在意吗？外界对她亲爱的优生学家丈夫的看法改变了吗？根据书面记载，那天来了好几百人。成群的孩子头戴花环，手拿花篮，来到"这个伟大的人道主义者的花园……对他们来说，这里仿佛一座圣殿"。

随着时间的推移，外界对大卫·斯塔尔·乔丹的敬仰只增不减。漫步斯坦福大学校园，你会看到他的铜像立在图书馆里。一栋心理学大楼以他的名字命名，他的肖像还被装进了华丽的画框。他的传记作者爱德华·麦克纳尔·伯恩斯这样概括他的一生：

> 没几个人能像他这样度过平衡、和谐且富有成果的一生……他是美国历史上一位多才多艺的学者，不仅在教育、哲学和科学方面取得成就，还是一位探险家、和平与民主的推动者、国家总统和外国政治家的顾问。他才能的广度得到

多方认可：一座山峰和一个生物定律以他的名字命名，以示对他的纪念；他提出的推动国际和平的最佳教育计划获得25000美元的奖励。他代表了18世纪最伟大的传统，是富兰克林和杰斐逊这些伟人的化身。这么说一点也不夸张。

哦，还有国际和平奖！大卫晚年花费了大量的时间，迎着一战的阴霾游历世界，告诫外交界警惕战争的威胁。他遇到了那么多阻力，甚至在演讲中途被一位德国将军打断："够了！"为什么呢？为什么他对并不受欢迎的和平事业如此投入？因为根据大卫的推论，战争会消耗一个国家最棒和最聪明的那些人。他从未摆脱哥哥鲁弗斯之死的阴影。他解释说，最优秀的那些年轻人奔赴战场，失去生命，就会导致那些"不合格者"继续繁殖。"如果一个国家把最棒的那批人送上毁灭之路，"他对几百位费拉德尔菲亚的听众说道，"次等的那批人就会填补最棒的那批人留下的空位。体弱者、邪恶之徒和不节俭之人将大批繁殖……将国家据为己有。"换句话说，大卫成为和平主义者，不过是为了实现优生学的计划。

在海拔四千多英尺的内华达山脉中，矗立着一座以大卫的姓氏命名的山峰：乔丹峰。山顶布满橘色和白色的高山百合，比我们所有人都更靠近太阳。还不止于此。漫步全美，你会遇见一个又一个以大卫命名的事物，其中包括两所高中、一艘政府的船、一条市政大道、一段印第安纳州的河流、两片湖（一片在阿拉斯加州，一片在犹他州）、一个颇具声望的科学奖（有20000美元的现金奖励），以及上百种鱼：乔氏笛鲷、乔氏喙鲈、乔氏虫鲽。

大卫估计，在他所处的时代，有一万两千至一万三千种鱼，而他和他的团队发现了其中的两千五百多种。也就是说，从山顶洞人到大卫的时代，他和他的团队揭开了生命之树上多鳞类分支近五分之一的面貌。然而，大部分鱼是由团队中的移民和"贫民"们发现的，这一事实被大卫选择性地从他的科学记录中剔除。这些人是大卫发起的优生绝育计划针对的目标，他们对社会的价值为大卫不齿。杰西卡·乔治最近的研究显示，大卫在 1880 年太平洋沿岸的航行中十分依赖移民劳动力，有时甚至会用威胁手段强迫中国渔民和华裔渔民交出他们最好的渔获。大卫自己也承认，经常是一个"小男孩""混血儿"或"葡萄牙小伙"带领他找到新的鱼类，并将其捕捉上来。他如此写道："笔者近来在日本捕获的一百多种潮汐池新鱼种，其中有足足三分之二是日本男孩们抓到的。墨西哥海岸的男孩们也同样有成效。"然而，他觉得没有必要给这些人正式的认可，因此这些人的工作、专业技能和鱼类发现在历史书和他的回忆录中一样寂寂无闻。他同样觉得不需要提及他对甲醛和乙醇的过敏症状，以及这些症状严重影响他处理标本的能力这一事实。他的同事乔治·S. 梅耶尔斯后来推测，1885 年之后，大卫就"很少甚至再也不"参与测量标本的工作了。不过这也没关系，他那鱼类发现之伟人的称号丝毫不受影响。据两位当代鱼类学家估计，"大卫·斯塔尔·乔丹的影响无孔不入，几乎难以衡量……北美洲几乎所有系统性的鱼类学家都与他有学术或智识上的渊源"。

唉。

大卫的故事似乎就这样结束了。大卫·斯塔尔·乔丹得以全身而退，没有为自己的罪行受罚，因为这就是我们生活的世界，一个冷漠的世界。在它令人紧张且毫无意义的结构中，没有一个角落有公平可言。

然而，故事仍未结束。因为我们的世界，我们无限混乱的世界，还在袖子里藏了最后一招，准备破坏大卫建立的秩序，偷走对他来说最宝贵的东西。

你看见了吗？这是个阴险的招数，它的光芒从分类学家的镜片上闪过，在他们的解剖刀上折射，在这本书的封面上闪烁。混乱永远地摧毁了大卫的鱼类藏品，你是否看到了这一招？

混乱没有让闪电、洪水、腐烂或者巨型污水池张开大嘴吞噬一切，不，她有更残酷的办法。她让大卫自行了结。

大卫施展分类学技艺，遵循达尔文的意见，按照进化学方面的亲近关系给生物分类，而他的事业最终导向一个宿命般的新发现。20世纪80年代，分类学家意识到，鱼类这种公认的生物类别，并不存在。

鸟类存在。

哺乳动物存在。

两栖动物存在。

但就是鱼类，并不存在。

◆ ◆ ◆

在卡罗尔·凯苏·尹的《给自然命名》(*Naming Nature*)这本特别棒的书里，我第一次听说了这个有趣的观点。一开始我只是想了解更多分类学的知识，而尹的书是这个主题下最新出版的一本书。我希望了解有关林奈、达尔文和 DNA 的内容，这样我就能更好地理解大卫·斯塔尔·乔丹故事中的科学背景。书中的内容让我大为吃惊。

尹刚巧撞上了她称之为"鱼类之死"的过程。20 世纪 80 年代，她正在研究生院攻读生物学学位，天真地笃信鱼类的存在，就在这时，一群名为"支序分类学家"（或者"狂热的支序分类学家"，尹说这是对他们的常见称呼）的科学家昂首跨入科学大门。这批人的名字 cladist 来自希腊语的"分支"（klados）一词，因为分支正是他们研究的内容。他们志在确定生命之树上的真正分支，对人类的直觉不屑一顾。该学科的首要原则很简单：一个正式的进化种群必须包括一个既定祖先的所有后代，不容例外。你可以在生命之树的任意一处开始研究种群分类。想研究脊椎动物？好，那就把所有具备脊椎的动物包括在内。蛇？加入。蠕虫？排除。你想研究哺乳动物？好，那就必须包括第一个能够产奶的生物的所有后代，猫、狗、鲸都位列其中，而爬行动物被排除在外。就是这样。

支序分类学的另一个原则直指那个看似简单实则很难的问

题：谁和谁关系最密切？也许这个问题听上去微不足道，但它却是整个分类学面临的难题。在一个充斥着乳头、触须和棘刺的世界里，我们该如何确定哪些特征是最可靠的分类学线索？支序分类学家登场之时，名为"数值分类学"的技术刚横空出世。该技术希望通过计算机的演算确定进化方面的亲缘关系。只要输入尽量多的特质，所有你认为可以在两个物种之间产生对比的特质（如果研究对象是鸟类，那么可对比的特质就是喙的类型、蛋的大小、羽毛颜色、椎骨数量、肠子长度等等），计算机就会输出一些较为符合的关系模式。理论上来说，两个物种的相似度越高，它们的关系就越紧密。但计算机显示的关系通常毫无意义。完全抛弃人类的直觉……让人陷入一片混乱。

支序分类学家意识到，某些特征比其他特征更重要，它们能够显示一些物种如何随着时间的推进逐步演化至此，这就是所谓"共有衍征"。这些特征是一种新增的属性，比如全新的触角或闪亮的黄色鳍。如果我们能确定共有衍征在生命之树中的位置，那么我们就能循着它们来检阅不同代的动物（或植物），然后带着更多自信去推测这几种生物之间的演化顺序，并且更有自信地宣布谁是谁的祖辈了。

这种方法很简单，很微妙，也很机智。它逐步揭示了一些令人吃惊的关系。例如，尽管蝙蝠看上去像有翅膀的啮齿动物，但它实际上与骆驼的关系更为密切；鲸实际上是有蹄类动物（和鹿同属一个大类）。

尹回忆起支序分类学家走进教室的场景：他们迫不及待地贴上新绘制的生命之树，然后指出一些被直觉掩盖的令人吃惊的事实。比方说，鸟是恐龙，而蘑菇虽然看起来是植物，但它实际上更接近于动物。不过，他们经常把最棒的例子放在最后。根据尹的回忆，"杀死鱼类的仪式"似乎让他们格外开心。

她说，这些分类学家会先指向图上的三种动物：一头牛，一条鲑鱼，一条肺鱼。哪种生物不同于另外两种生物？哪种生物与另外两种生物的关系最远？总会有可怜的被蒙在鼓里的学生举手回答：牛不同于那两种鱼。

"此时，"尹解释道，"支序分类学家的脸上会泛起狡黠的微笑，并且笑着指出那位学生到底错在哪儿。"

他们会提醒你去发掘共有衍征。如果你能暂时放下鳞片这一掩人耳目的特征，就会发现其他更有意义的相似点。例如，肺鱼和牛都有类似肺的器官来呼吸空气，而鲑鱼却没有；肺鱼和牛都有会厌（一小块覆盖气管的表皮），而鲑鱼呢？啊哈，没有会厌；肺鱼的心脏结构更接近牛的，而不是鲑鱼的。这些相似点他们可以一直列下去。最终，他们将学生们导向这一结论：与鲑鱼相比，肺鱼和牛的关系更近。

随后，他们加快了切割生命之树的速度。尹说，支序分类学家声称，许多水里游的看起来是鱼的生物，实际上与哺乳动物的关系更紧密。只要接受这种观点，一个奇怪的真相就会呈现在我们眼前："鱼"这种牢不可破的进化种类，完全是一派胡言。用尹的话来说，这就好比把"所有身上有红点的动物"看作同一个物种，或者说"所有哺乳动物的声音都很大"。好吧，你确实可以分出这么一类，但从科学角度来说，这种分类没有任何意义，不能揭示任何进化关系。

还是有些困惑吗？让我们换个角度来看。假设数百万年来，愚蠢的人类都错误地认定所有生活在山上的动物同属一类，即"山鱼类"，也就是山上的鱼类。那么山鱼类就包括山羊、山蛤蟆、山鹰和山人——体格结实、蓄胡子并且喜欢喝威士忌。现在，我们假定，尽管上述生物截然不同，但它们都偶然进化出类似的防护外表，以适应高海拔环境。想象这一外表不是鳞片，而是格子呢，它们全都身披格子呢。格子呢鹰。格子呢蛤蟆。格子呢人。就这样，它们有相同的栖息地（山上），相同的皮肤（格子呢），那就应该是同一物种，即山鱼类。我们错误地认定它们是同类。

我们也这么看待鱼类——把无数千差万别的物种都用"鱼"这个词一带而过。

实际上，在水下，在鳞片的掩盖下，它们是不同的物种，就像那些山上的生物一样。在水下，肉鳍亚纲和我们关系很近，肺鱼和空棘鱼都位列其中。它们是我们进化路上的近亲，是肺部在上、尾巴在下的美人鱼。然后，越过巨大的进化横沟，我们看到了辐鳍鱼纲，其中包括鲑鱼、鲈鱼、鳟鱼、鳗鱼和雀鳝鱼。尽管它们看上去和肉鳍亚纲的鱼类很像，都黏滑、有鳞片、具备鱼的特征，但在外表之下，它们截然不同。随后登场的是鲨鱼和鳐鱼，它们属于软骨鱼纲，是令人费解的物种。在它们光滑的皮肤和丰腴的身体之下，我总感觉它们与哺乳动物有着密切的关系，但实际上，与带鳞片的鳟鱼和鳗鱼相比，它们和人类的关系甚至更远。从进化角度来说，它们更古老。继续沿着生命之树追溯，向着生命之源靠近，我们会看到盲鳗亚纲[①]（别去查这个词。虽然它读起来很好听，但这类动物是长着吸盘嘴和锋利牙齿的噩梦），它通常和看上去像蛇的七鳃鳗亚纲一起被归入无颌总纲。最后出场的是海鞘纲（属于被囊动物亚门），大卫·斯塔尔·乔丹喜欢在童话故事中把这些固着动物当作懒惰的代表。从专业角度来说，它们不是脊椎动物（根据现代分类学家的看法），但它们却最早拥有类似脊椎的结构，即一根叫脊索的软骨柱。换句话说，它们并非堕落之徒，而是拥有创新精神的生物。

"鱼"这个类别掩盖了上述的所有事实。这一分类淹没了细微的差别，贬低了鱼类的智识，划走了我们的亲戚，营造了分隔的假象，让我们以为自己仍处于自然阶梯的顶端。

如果你仍旧坚持把所有像鱼的生物划定为同一生物学种类，这也没问题。你可以让有鳞片的肺鱼和空棘鱼回到水中，同鳟鱼和金鱼归为一类。你可以认定那里才是它们的所在，你甚至可以把它们都叫作"鱼"！只是如此一来，你就得把另外的几种生物也丢到这个分类里，这样才能把同一祖先的所有后代都包括在内。

---

① 盲鳗亚纲的英文名为 Myxini。——编者注

趴在水边的青蛙？把它们算进去。

在高空飞翔的鸟？将它们丢进去。

牛？它们当然能加入。

你妈妈？她绝对也是一条鱼。

不，更符合逻辑的做法是，承认鱼这一概念不过是我们长久以来的幻象。鱼不存在，"鱼类"并不存在。这个对大卫至关重要的分类，他陷入困境之时寻求慰藉的种类，他穷尽一生想看清的物种，根本不存在。

◆ ◆ ◆

为了弄清鱼不存在这一概念的传播范围，我去问了史密森学会下属的标本馆的员工们。现今的鱼类学家真的不再相信他们的研究对象了吗？我想知道这个问题的答案。在马里兰州那个上锁的房间内参观以大卫的姓氏命名的那条鱼时，我语带挑衅地询问领我参观的两位分类学家："鱼存在吗？"而戴夫·史密斯这位有半个世纪资历的分类学家，在一阵吞吞吐吐之后最终承认："鱼可能不存在。"他解释说，支序分类学家刚刚出现的时候，他不愿意相信他们，认为他们太"咄咄逼人"，与邪教徒没什么两样。但他逐渐意识到，要想把自己的工作做好，发现生物之间真正的关联，就没法否认他们的说法。直视"鱼"这一物种时，我们会发现，这就是一个没用的类别。滑溜溜，黏糊糊，这种被分类学家称为"并系的"性状，有些鱼并不具备。后来，我致电美国自然历史博物馆鱼类学分馆的馆长之一，梅拉妮·施塔斯尼，向她询问在她的同事眼中，鱼类是否也已经不复存在。"我的天，"她说，"这一观点早已被广泛接受。"她的口气非常严肃，我仿佛能看到她面无表情的脸。

"这种观念与直觉相悖！"里克·温特博特姆如此对我说道。作为一位自封的"狂热的支序分类学家"，他比任何人都清楚这一点。三十多年来，他一直试图向学生证明，自然界不会像人类想象的那样为生物分类。而让他沮丧的是，这一想法很难在学术界之外推广开来。他担心直觉这一对手过分强大，担心人们不会为了寻求真相跳出舒适圈①。

卡罗尔·凯苏·尹花了相当大的力气放弃直觉灌输的信念。

---

① 欢迎来到本书正文部分唯一的作者注！感谢您读到这里。作为回报，我想向您分享一件疯狂逸事，这件事向我们证明，为自然界的生物划分种类，也许是人类生来就具备的一种能力。尹记录了一个不可思议的医学案例：20 世纪 80 年代，一个英国病人 J. B. R. 因感染疱疹而引发脑水肿，他相关的神经机能也因此受到了损伤。醒来之后，他突然失去了分辨自然界基本种类的能力。他没法区分猫和胡萝卜，没法区分毒菌和蛤蟆，外部世界完全陷入了……混乱。奇怪的是，非生物世界在他眼中完全不受影响。他能分辨汽车和公交车，桌子和椅子，这都完全没问题。对他而言，崩塌的只有生物世界。他和其他人的案例（搜索"语义范畴特异性损伤"就能找到）表明，我们体内有一种建立秩序的机制。人类来到这个世上时，体内便已经具备了一套为自然分类的理念，它帮助我们判断哪些生物是同类，哪些生物并非同类，哪些生物位于顶层。其他研究表明，我们似乎在很小的时候就开始遵循这种直觉了：人在四个月大的时候，就已经能区分猫和狗。这种直觉是我们神经系统的一部分，但我们由此划分的种类却并不一定正确。这一事实只能说明这种能力非常有用，它为一代又一代人服务，帮我们成功应对和探索周遭的混乱。——作者注

她这样写道：

> 当我还是个弱不禁风的研究生时，在报告厅、研讨室或
> 实验室里，在学术会议或安静的走廊上，我一次次目睹（鱼
> 这一分类）消失，准确地说是被杀死的过程，这让我痛苦不
> 已。尽管我知道背后的生物学逻辑，但我还是感到非常心
> 痛……研究支序分类学家残忍且有条理的逻辑时，我常常有
> 一种上当受骗的感觉，就好像我被他们的某种手段愚弄了。
> 抱有这种看法的不止我一个人。我几乎可以听到人们的想
> 法：喂，等等，为什么要这样？你们对鱼做了什么？……但
> 这并不是什么戏法，而是赤裸裸的现实。

尹的痛苦，她放弃鱼类的"惨痛经历"，对我来说十分宝贵。
我把她视作大卫·斯塔尔·乔丹的代言人。我了解大卫，了解他
对手术刀能够揭示生物间"真实关系"的信仰，正因如此，我确
信他最终也会接受鱼类之死。他会剖开一条大理石花纹的肺鱼，
观察它的肺、它的会厌、它多腔室的心脏，感受鱼这一分类在自
己的指尖消散。但我知道鱼类对他有多珍贵，这是他痛苦时的救
赎，是他一生的使命。对他来说，接受鱼类之死并非易事。

他会感到痛苦，承受某种程度的心碎……对我而言，这些想
象竟有某种奇妙的作用。作为一名无神论者，我心中涌起一种不
现实的幻想，身上也起了一层鸡皮疙瘩：在这个冷酷而混乱的世

界里，终究存在着某种宏大的公平。

◆ ◆ ◆

就在此时，我脑海中浮现出一位渔民的身影。

他把手插进一桶滑溜溜的鳟鱼里，手掌蜷曲，抓住特别肥的一条，啪——这条鱼正好落在那几个字上：鱼不存在。

然后他把鳟鱼拿去卖钱，因为鳟鱼是存在的。

我知道这一点。

我知道他的感受。

宇宙偷走了大卫·斯塔尔·乔丹挚爱的鱼类，这一事实为我带来了病态的满足，但除此之外它还有什么意义？有任何更广泛的意义吗？对那些不需要把标本放进罐子里的人来说，鱼这一物种并不存在，有什么意义吗？

这个问题困扰着我。我研究这些理论多年，还在希瑟的客房里铺满了参差交错的生命之树的图片。脚下的世界并非我们所认为的模样，我的心因为这一认知而兴奋得膨胀，可是我的心同时也在担忧，担忧这一切不过是语义学层面的东西，不过是一个语言学聚会上的小把戏。鱼不存在，没什么稀奇的。

于是，一天晚上，希瑟下班回家后，我决定和她聊聊。我对这一话题极为痴迷，她虽然对此缺乏兴趣，却也已经了解了大概。我等她脱下外套，躺在沙发上。接着我摆出红酒和奶酪，问出那个我担心的问题："你觉得鱼不存在这件事重要吗？"

希瑟惊讶地看着我。"当然重要！"她说。

她举出哥白尼的例子。她说，在他所处的年代，只靠仰望星空，他便意识到星星不是在绕着地球旋转，这是一件很不容易的事情。而讨论这个问题，思考这个问题，绞尽脑汁让自己逐渐摆脱固有的想法（即群星如同印在天幕上的图案，每晚在我们的头顶缓缓旋转），这些行为是有意义的。她对我说："放弃了星辰，你就能获得整个宇宙。那么，放弃了鱼类，你会获得什么呢？"

我不知道答案。但我当时便明白，这就是放弃鱼类的意义。在鱼的另一边，某种神秘的事物在等待着我。放弃鱼类，就会得到某种不一样的东西。

而且我觉得，不同的人会得到不同的东西。

正如放弃星星之后，每个人得到的东西也各不相同那样。

对一些人来说，放弃星星很可怕。他们感觉自身变得渺小、没有意义，生活也失去控制。他们不愿意相信事实，甚至杀死散播消息的人。哥白尼放弃星星，被斥为异端；焦尔达诺·布鲁诺放弃星星，被绑在柱子上烧死；伽利略放弃星星，被软禁在家。

其他人则受其启发，萌生雄心壮志，踏上发明创造或工程设计之路。一代又一代人成长起来，矢志不移地走向直觉的反面。如今人类竟能登上月球，这真是再狂野不过的一件事了。他们迫切地想要了解其中的原理。

放弃星星的时候，我还是个孩子。当时我和爸爸一起站在露台上，心中涌起一阵凉风，感觉自己仿佛是在毫无意义地穿梭于宇宙之中。在那些糟糕的日子里，这一认知给我近乎致命的寒意。

放弃星星之后，我爸爸得以创造自己的道德，蔑视一切在他看来毫无意义的规则——标注回信地址、穿带袖子的衣服，以及不吃实验室里的老鼠。

我敢肯定，对神父、流浪者、烘焙师和烛台制造者来说，放弃星星的那一刻，他们的感受会与我爸爸的感受截然不同。

而放弃鱼类，同样是一件冷暖自知的事情。

在卡罗尔·凯苏·尹放弃鱼类之后，她对一直以来尊敬的学术团体感到愤怒。她担心，贬低直觉的重要性会使大众更不在意周围的环境，而后者迫切需要我们的关注。她写了一本书，用优美的措辞宣告了鱼的死亡，但她内心的一部分仍渴望着回到过去，回到那个可以将它们统称为鱼类的年代。

里克·温特博特姆，那位狂热的支序分类学家，他在放弃鱼类之后获得了人生目标。他周游全美，心中充满使命感。他在一块块黑板上处决一条条鱼，迫切地想要让大家认清事实。他感觉自己的神经被重新连接，感觉自己更接近真相，因此急于帮助别人发现问题的关键。几十年过去了，现在他早已泄气。没几个人愿意接受这一新观点，他无力打消人们对鱼类的信念。"我持续抗争了三十年，"他叹气道，"现在我把精力用在高尔夫球上。我的新愿景是用那颗小小的白色高尔夫球覆盖林地和湖底……这个任务我完成得不错。"

特伦顿·梅里克斯，弗吉尼亚大学那位认为椅子不存在的哲学家，在放弃鱼类之后，他的箭筒里又多了一支箭。"我不怎么惊讶。"我气喘吁吁地告诉他鱼类已然消亡的事实之后，他如此回应道。这正是他想让学生理解的事情：我们对周围的世界知之甚少，即便对脚边最简单的事物也缺乏了解。我们曾经犯过错，之后还会继续犯错。真正的发展之路并非由确定无疑铺就，而是由疑问筑成，因此需要保持"接受更正"的状态。

安娜放弃鱼类之后——嗯，她其实还没有放弃。但她问我，"鱼类"是否与"不合格者"类似，是一种错误的术语。这个标签贴在她的后背上，害她被投进砖墙内、被剥夺童年、被切断了延续后代的机会。我说，是的，就是那种术语。她点点头，然后说，她对鱼类充满同情，同情那种一旦给某物命名，就不再对它投以目光的做法。

生态学研究者乔纳森·巴尔科姆放弃鱼类之后，感觉到了思想的交融。他说，在正式放弃这一术语之前，他想看看相关的基因研究，不过这一想法的确与他观察的结果相契合。他早已写了一本书，名叫《鱼知道什么：我们水下近亲的隐秘生活》(*What a Fish Knows: The Inner Lives of Our Underwater Cousins*)，试图揭示鱼类认知的广度和复杂性。鱼类能辨认更多的颜色，比我们更好地完成某些认知任务，更好地使用工具，还能分辨古典音乐和蓝调音乐。某些种类的鱼似乎还能感觉到痛苦。我开玩笑地问巴尔科姆，那我们该怎么做？不再吃鱼吗？他安静地说："嗯。"我暂时还做不到这样，但我认同他的理论：水里游的这些生物，它们认知的复杂程度远超我们的想象。从某种程度上说，"鱼类"是个贬义词，我们借此掩盖其复杂性，让自己获得一种虚假的平和，感觉人类比实际上距离它们更远。

埃默里大学的知名灵长类动物学家弗兰斯·德瓦尔声称，人类总会做这样的事——弱化我们和其他动物之间的相似性，以此维持我们在想象的自然阶梯上的高位。德瓦尔指出，科学家可以说是罪大恶极，他们用专业术语拉开我们同其他动物之间的距离。他们把猩猩的"吻"叫作"嘴对嘴接触"，把灵长类的"朋友"叫作"最喜欢联系的伙伴"。牛和猩猩能够制造工具，这一行为向来被视作人类与动物的分水岭，但科学家认为，它们制造工具的行为终究与人类的行为有所不同。如果动物能够比我们更好地完成某项认知任务，比如某些鸟类能够记住几千颗种子的精确位置，这种能力就会在科学家笔下变成直觉而非智力的表现。类似的语言把戏层出不穷，德瓦尔称之为"语言阉割"。我们用话语剥夺动物的能力，用词汇维持自身的崇高地位。

爸爸不肯放弃鱼类，他说他太喜欢这个词了。他明白，从科学角度来说，这个词是不准确的，但他觉得它很有用。我问他，使用这个词就是把自己限制在体验世界的特定途径之内，他是否在意这一点？他嘟囔着说："呃，我太老了，没法摆脱那些尚未摆脱的东西。"

　　我的大姐很轻松地放弃了鱼类，让整个类别从她的指尖溜走。我问她为什么能这样轻易地抛开鱼类，她说："因为这是生命的真相。人类错了。"她说，人们也一次次错看了她，她的一生都在经受误解。她被医生误诊，被同学、邻居、父母和我所误解。"长大这件事，"她对我说，"就是学着不再轻信别人对自己的评价。"

　　每个人都有不同的感受。

EPILOGUE  尾声

我还不知道，放弃鱼类之后，我会得到什么。

但我知道是时候离开芝加哥了，我不能继续躲在自己的炼狱里不出来。尽管待在希瑟的公寓里很舒服，她坚信那个卷发男人某天会回来找我的想法让她二楼的客房变得温暖，但我得继续向前走了。我需要再次踏入生活的混乱，看看接下来会怎么样。

我四处奔走，终于找到一份临时工作——在美国公共广播电台做科学节目的制作人。我希望这份工作能让我重新扬帆起航，虽然我觉得可能性不大。

2月一个寒冷的下午，我开着自己的紫色小车来到华盛顿特区。我把东西卸下来，搬进一个地下室。厨房里摆了一张床，靠近天花板处有两扇窗户。在外面，树木光秃秃的，白天转瞬即逝，世界一片凋敝。

我每天步行上班。有天我在路上被打劫了，有天我三十岁了。在这座城市里，我几乎谁都不认识。我觉得自己像美国公共广播电台的冒牌货。我觉得人们能看穿真相，知道我是个蠢货，是个傻瓜，是个不称职的记者，是个荡妇，是个出轨的人，是个坏人。

我很难跟人有目光接触，我做了一系列关于盲人的报道。说实话，和看不到我的人在一起，让我感到平静。我总是想到那个卷发男人，我总是想拿起一把枪。

不知不觉间，春天来了。这一天，我在外面跑步，准备冲上附近那座从未登上的山。一团团白色花瓣让树木恢复生机。我到达山顶，迎接我的是一座公园，里面有一条条长椅、一个小喷泉和一座小巧的花园，花园里开满水仙花和一种秀气的蓝色花朵，还有许多蕨类植物。我摘下耳机，在公园里漫步，听见鸟儿叽叽喳喳，有什么东西在我脸旁嗡嗡作响。是一只蜻蜓吗？抑或是蜜蜂？我不能确定。就在这时，我的眼前突然有了画面：一片维多利亚式的窗帘，上面印着我刚才看到的那些动物和植物的花纹。蕨类植物、蜻蜓和蜂鸟。我心有触动。眼前的这些事物，我从未真正怀疑过它们的等级顺序……

鸟，显而易见的低等动物，尽管它们拥有出色的杂技技艺。

蜻蜓，恍惚的灵魂，算不上动物（只能说是有翅膀的树枝）。

树，最有力的植物。

蘑菇，树变形的小兄弟。

这些想法全都是错的。这种直觉的等级顺序就像这片窗帘，是一种人为绘制的自然。可能在人类看来，这种景观赏心悦目，但它却是那么武断。在我的想象中，窗帘翻飞，让人窥到缝隙之间露出的窗户。

我急切地让自己的视线穿过这扇窗，穿过我们给自然划定的界限，来到达尔文的许诺之地，来到支序分类学家看到的地方，一个没有条条框框束缚的地方。在那里，鱼不存在，对自然的限制更少，其丰富程度超越我们的想象。

"另一个世界确实存在，但它就在这个世界之中。"这么多年来，我一直把叶芝的这句诗贴在墙上。这就是我想看到的世界。与科学家会谈，观看自然纪录片，喝威士忌，我尝试在这些事之中发现他所许诺的世界，却一无所获。

我需要的是一个水下呼吸管。

塑料泳具狠狠地压着我的鼻子，最终让我看到了那个世界。

听我细细道来。

在那次跑步几个月后，我遇见了一个人。7月，在一个酒吧里，我遇见她，她的脸上铺了亮粉。她比我年轻，比我矮，还是个女孩。在很多方面，她不符合我对"伴侣"的标准。

如果我还沉迷于卷发男人的外形，就会错过她。

我吻了她，这没什么奇怪的。我深知，这是我喜欢做的事，但我从前认为这不过是个玩笑。女孩嘛，吻起来不错，但很难一起生活。我确定自己需要一个男人来抚慰我的灵魂，让我在面对巨大而糟糕的世界之时，感觉既渺小又受庇护。

但是，天啊，她的味道可真棒，像薰衣草、红宝石，还有你为了逃课在舌尖吐出的甜蜜谎言。她让我展露笑容。夏天的某个夜晚，我俩一起躺在床上，她突然说："我尊重你的性取向。"然后她笑成了一朵花："即便这个社会并不尊重！"我想拍打她的肩膀，被她躲开了。

　　我跟不上她的速度。一天，我们沿着波托马克河骑车，她决定和我比赛，而我追不上她。我几乎每天都要跑五英里，却追不上她。我喜欢这种感觉。她的脑子也转得比我快。她能妙语连珠地抱怨新手司机、炒蛋和那些在邮件末尾只署上名字首字母的人。"他们有那么忙吗？！"她嘟囔道，"忙到都抽不出四毫秒的时间签上自己的大名了，还要跟人沟通？"她有一套独特的用词方式。她把那些黑暗疯狂的日子叫作"保罗·鲍利"；她把敞开心胸后对妈妈萌生的新感情称为"开山辟谷"；她非常会生火，能用潮湿的叶子和一根火柴燃起火焰，她说她想达到那种可以控制烟的走向的程度。

　　我告诉自己，先别忧心这一切意味着什么，到 10 月再说。眨眼之间，10 月来了又走。一天，我俩临时决定买票去百慕大。她享受身为政府科学家的假期，我假装咳嗽向公司请了假，随后两人出发享受三天的周末之旅。

　　我们在爱彼迎上选了全岛最便宜的住处：一间小小的公寓，远离地图上的所有景点。不过这间公寓离机场很近，附近还有一个叫烟草湾的海滩。飞机落地之前，我俩做好准备，打算迎接脑海中那片水中都是烟蒂、水面上遍布油污的海滩。出租车把我们带到目的地，我们放下行李，对着海面深吸一口气。

　　我无法用语言形容眼前的景象。

　　那是高耸的石灰岩围成的一个海湾，只属于我俩的亚特兰蒂斯。奔向海面的时候，我们注意到海湾的另一头有个小屋，好像被遗弃了。走过去查看时，我们惊讶地发现里面竟然有一个人在卖饮料，同时还在卖潜水器具。

翡翠绿眼睛的女孩问我想不想租呼吸管，我说不了。我以前尝试过一次，不过那是很久以前的事了，我能记得的只有嘴里的橡胶味和鼻子被夹紧的感觉。

第二天早晨，我沿着海滩慢慢跑了好远，不时停下来注视水面，或是爬进废弃的要塞。等我回到烟草湾的时候，已经过去两个小时了。我想着该去公寓叫醒她，当下却突然想要跳进水里。我的身体还在冒汗呢，我没法抗拒这种冲动。

游泳的时候，我有点愧疚。我又在放纵自己了。就在这时，她突然出现，我搞不清她是从哪里冒出来的。她像美人鱼一样从水里探出头，一直朝着水天交接处游去。她游近之后，我发现她咧着嘴在笑。潜水面具后面，她的笑容傻乎乎的。

"拿着，"她说着把面具从头上摘下来，"你来试试。"

我把面具套到头上，一头扎进水里。

我不知道是不是内啡肽的作用。

水很清澈。

但那些鱼。

是我从未见过的样子。

黄鹦鹉、黑天使，还有一片片蓝绿色的月亮。一条紫色的生灵，个头挺大，像小狗一样让我追着它游。我快乐地大喊，但海水减弱了我的声音，我只好浮上水面，让喊声传播开来。我再一次潜入水中，而它们就在那儿。我读过那么多关于它们的文字，可我至今仍不知道该如何称呼它们。我只知道，它们皮肤之下的器官和我的器官比想象中更相似，它们的大脑中也游荡着和我一样的离子。我只知道，它们不是鱼。一群银色的生物朝我游来，从我的身体下方掠过，仿佛一列触手可及的火车。我一个猛子冲向它们，鱼群散开，接纳我的到来。上百个银色的灵魂，无声地将我包围。

我浮上水面换气。

她还在这里。我不知道过了多久，五秒钟或是三天。我们游向海的深处，离那个环绕着石灰岩的小海滩越来越远。游了一段时间之后，水面变得波涛汹涌，海水看上去更深沉也更冰凉，而这里的鱼却更鲜亮、更狂野。我看着她冲向水下的石头，一群日光灯鱼从石缝中冲出来，围着她打转。它们从她腋下钻出来，几乎把她蓝绿色的比基尼蹭掉。她成了鱼的一部分。我们都是鱼，我想，也许是鱼，但很可能不是鱼。寒冷和缤纷的色彩让我没法思考这些。我在想，潜水面具是最棒的发明，上帝保佑潜水面具的发明者。这个人赢得诺贝尔和平奖了吗？

突然，有什么事不对劲。她的泳姿变得沉重，她在猛拽臀部的什么东西。我们离海滩太远了。接着，要是她知道我把下面的内容写了出来，她一定会杀了我。接着，她把那块蓝绿色的遮羞布一把扯掉，在我面前挥舞。她毫无顾忌地踢着蛙泳腿，让我看到……通过面具……看着。

那时我就知道，自己完了。

我再也不想和这个人分开。这就是我那时的想法。

这并非我所设想的生活，追求一个比我矮的爱人，一个比我小七岁、骑车比我快、经常对我翻白眼的人。但这就是我想要的生活。我打破了界限，看到了花纹窗帘背后的世界。我看到了世界的本质，一个拥有无限可能的地方。所有的类别，都是虚妄。那是世间最棒的感觉。

◆ ◆ ◆

现在我躺在床上，身边是我翡翠绿眼睛的爱人。我又想拿起一把枪——我还是会这么想，很可能一直会这么想。我考虑着这么做的好处。它能带来解脱，是一剂应对白日压力和忙乱的解药，它还标志着羞耻的终结。

然后我想到鱼，想到鱼不存在的这一事实，想象一条银色的鱼在我的手掌中消失。如果鱼不存在，那这世上还有多少我们尚未发现的秘密？我们为自然划下的界限背后还藏着哪些真相？还有哪些类别需要被抛弃？云有生命吗？谁知道呢。海王星上会下钻石雨，这是真的，科学家几年前才搞清楚这件事。我们越是持续地审视世界，就越能发现它的怪异之处。或许某个"不合格者"的内心住着一位母亲；或许某种杂草中含有药物成分；或许那些你认为无关紧要的人能拯救你的人生。

我放弃了鱼，在长久的等待之后，我获得了自己追寻已久的东西：一句咒语，一个技巧，一剂希望。这个世界向我承诺，我的生命中有美好的事物。不是因为我值得，不是因为我为之努力，而是因为它们和破坏与失去一样，是混乱的一部分。生是死的另一面，正如生长和腐烂互相依存。

要想得到这世界送出的礼物，抓住那个让我们平静看待生之凋敝的诀窍，你就得承认，每分每秒都要承认，你不了解自己眼前的事物。带着好奇，带着怀疑，审视混乱深渊中的每件事物吧。暴风雨就令人沮丧吗？或许这是一次机会，让你站到街上，感受雨的舔舐，宛如重生。这个聚会有你想象的那么无聊吗？或许有个还未相识的朋友在等你，嘴里叼根烟，站在舞池旁的后门边。这个人会在余生的每天和你一起大笑，将你的羞耻转变为归属感。

我并非一直都这么善于与世界和解。我抓住自己的恒星，一只泰迪熊。我的不满依然如故，我的恐惧依然强烈，地球依然是平的。但后来我读到一则新闻，说科学家在人类体内发现一种新的器官，名叫"间质"。它一直在人类体内，却不知怎的几千年来一直被我们忽视。世界出现了一个裂缝。我意识到我们应该像达尔文一样，琢磨一下假设背后的现实。或许那不入眼的细菌正在制造你呼吸时必不可少的氧气；或许那次心碎是一份礼物，你要先撞上南墙才能找到更好的伴侣；或许你的梦想需要重新被审视；或许你的希望……也得打个问号。

我十六岁的时候，绝不会想到，我姐姐最终会从家里搬出去，住进与父母家相距八英里的公寓。我没想到她会在墙上贴满花朵贴画，会在床上摆一排毛绒玩具，会把麦片放进冰箱保存。我没想到她能慢慢地和邻居交朋友，能帮老太太买菜，能帮助一对年轻夫妇照顾他们刚出生的孩子。我没想到她会遇上一场可怕的车祸，没伤到人但撞翻两辆车，让她当场决定不再开车。我没想到她后来开始步行，走遍整个波士顿，走过城里的人行道、桥梁和列车，系着她水蓝色的腰包，和陌生人聊天。我更没想到，一个为成年残疾人上课的老师会联系她，请她一起开设步行课。现在，她算是以步行为生，靠步行过活。我住在波士顿的朋友们告诉我，他们总会看见我姐姐在路上走着，带着她那鲜艳的腰包和动人的微笑。而她的微笑，也让他们笑逐颜开。

我没想到，她和爸爸竟会以他俩独有的方式变得亲近。出于对面包棒的喜爱，他们会一起去最爱的意大利烘焙店，他们两个单独去。多少次，不经意间，我竟看见她把头靠在他肩上。虽然只是短短的一小会儿，但在那一瞬间，所有行星的重量烟消云散。我也没想到，爸爸的母亲，那么欢实的一个人，竟会突然就病重了。而我的姐姐，竟以她一贯关切、富有责任感且极为准时的态度，给爸爸寄了一张吊唁卡片。那卡片，不知怎的，竟然早一天送到。第二天，他的母亲去世几分钟后，他想到姐姐的卡片，然后笑了起来。他人生中最灰暗的一天，由此多少透出些暖意。

　　我也没想过，我和有着翡翠绿眼睛的爱人会找到那样的避风港。我们的门廊周围环绕着萤火虫和杜鹃花丛，不时还会有鸟儿在里面安家。我们的草坪没有太多草，但有一个火坑——邻居们有时会在那儿烧他们的圣诞树，分享他们自酿的酸爽的雪莉酒。最后，一个小宝宝会爬过尘土，朝一片我们没能除掉的长势过旺的金凤花爬去，推倒一个世上，啵嘤，最精致，啵嘤，最有趣，啵嘤，的玩具。

◆ ◆ ◆

　　科学家发现，积极错觉真的能帮助你实现目标。但是我慢慢开始相信，在"实现目标"这个单一的人生轨迹之外，有更美好的事物在等待着你。

　　我放弃了鱼类，得到了一把万能钥匙。这把鱼形的万能钥匙，让我从世界的规则框架中跳脱出来，步入更自由的世界。那是藏在这个世界中的另一个世界，是窗外那个没有束缚的世界。在那里，鱼不存在，天空下着钻石雨，每一朵蒲公英都充满无限可能。

　　想要转动钥匙，你必须……谨慎用词。如果鱼不存在，我们还搞错了哪些事情？我，一个科学家的女儿，慢慢看清了事实。放弃鱼之后，我意识到科学本身就有瑕疵。它不是我想象中照亮真相的灯塔，而是一种能够带来混乱的钝器。想想"秩序"

（order）这个词吧。它来自拉丁语 ordinem，形容一排纱线整齐地挂在织布机上，之后用来比喻人们一律听从国王、总统或将军的统治。直到 18 世纪，这个词才被用来描述自然。我们假定自然界中有一套秩序井然的等级制度，而这不过是人类编造的强词夺理的猜测。我开始相信，我们要用一生的努力去摧毁这种秩序，不断拉拽它，努力解开它，把困在下面的生物解救出来。我们要持续质疑这种共识，尤其是道德和精神层面的共识。我们要时刻牢记，每个统治者背后另有统治者，一种类别顶多是个代称，最糟的时候则会变成锁链。

在我打出这些文字之后不久，白人至上主义者来到我们住的城镇——弗吉尼亚州的夏洛茨维尔。他们把车停在我家门口，轮胎与路上的砂石摩擦亲吻。他们带着纳粹盾牌，梳着时髦的发型冲进公园，守护一位联邦军队领袖的雕像。他们开车冲进抗议人群，造成一人死亡、几十人受伤的惨剧，还将自己的靴子、木板和信仰狠狠砸向一个黑人，把他揍得满脸是血。一切结束后，他们的领头人会在广播上讲话。他对造成的伤亡表示歉意，但并不后悔自己的所作所为。他们认定某些种族就是比另外的种族高贵，白人就是优于黑人。这"不过是个科学问题"，他会轻笑着说，他的语气里有满不在乎的味道。

这架梯子，依然存在。这架梯子，是一种危险的幻象。

鱼不存在。鱼形大锤将它砸得粉碎。

◆ ◆ ◆

　　她在我一旁翻来覆去，然后拍拍我的肩膀。"消停点，小脚蹼。"她喃喃地说。她的意思是我在闹腾，翻来覆去的，睡不着。她想让我和她一样安安静静地熟睡，钻进我们水蓝色的被单里，让柔软的棉花像海浪般裹住我们的身体。我抱紧她暖乎乎的大腿，想着即便在我最热切的盼望里，我那微不足道的大脑也不敢想象自己能够拥有像她这样令人沉醉之物。

　　本书插图均为版画，一种起源于 19 世纪的直接雕刻技术。先在一块白色的黏土板上刷满黑色的印度墨水，接着用任意方式蹭掉某些部分的墨水。绘制本书插图时，艺术家主要使用缝衣针进行创作。

更改说明 ～～～～～～～～～～

本书出版六个月后，斯坦福大学和印第安纳大学决定重新命名他们用以纪念大卫·斯塔尔·乔丹的大楼。这两座大楼的改名都是为了回应学生、员工、教职工和校友的努力，他们用书信、文章、示威活动和线上活动反抗现存秩序。

首先，这本书的诞生要归功于其智力教母，卡罗尔·凯苏·尹。如果你对书中讨论的科学主题多少有些兴趣，不要犹豫，请一路小跑着去买尹的《给自然命名》，这本书巨细无遗地探讨了直觉和真相的相互碰撞。我很幸运，在我第一次掉进支序分类学家的兔子洞时，尹非常愿意和我讨论这些问题。她是最慷慨亲切的向导。

下一位要感谢的人是希瑟·拉德克，从我开始动笔写这本书时，你就陪在我身边。你让坐在冰冷城市的温暖沙发上的我相信，这本书写得很有趣。这种关注是你能给予一个人最棒的礼物，对一个非常孤独的人来说更是如此。谢谢你。

谢谢阿贾、莉莉、萨里塔、拉马、洛伊、KK、丽达。不知你们是否知道，你们一直是我心中的沉默天使，是不可摧毁的源泉，给了我源源不断的支持、幽默和鼓励。谢谢你们一直在我身边。

谢谢我的妈妈，罗温·福伊尔·米勒，她是第一个教我注意那些小事的人，她的爱是那根引导我走过最黑暗的日子的系绳。

谢谢我的二姐，亚历克莎·罗丝·米勒，她最先教我对确定性保持警惕。这二十年来，她给那些专业的医学人员上课，教他们拥抱不确定性，向他们解释为什么这样做能挽救生命。她那出其不意、发人深省的工作，对我的思想产生了巨大的影响，登录ArtsPractica.com 网站能了解更多她的工作。

谢谢我的大姐，阿比盖尔，你教会我如何比任何人都坚强地活在这个世界上。谢谢你允许我参与你的生活，谢谢你这么热烈地爱我，谢谢你这么努力地让我发笑。

谢谢该死的乔纳森·考克斯！谢谢你透过书中的疙疙瘩瘩和磕磕绊绊，看到这本书的优点，也谢谢你努力地跟我斗争，将这一优点发扬光大。谢谢梅根·奥甘确定了本书终稿，谢谢西蒙与舒斯特出版社的埃米莉·西蒙森、珍妮特·伯恩、萨拉·基钦、希尔斯廷·贝恩特、朱莉娅·普罗塞尔、埃莉斯·林戈、卡莉·洛曼、艾莉森·福尔纳和艾莉森·哈兹维，谢谢你们的勤奋工作和积极创造。还要谢谢乔纳森·卡普和理查德·罗雷尔，谢谢你们愿意在我身上下注。我想为事实核查人埃米莉·克里格和米歇尔·哈里斯献上一份经过核查的感谢。确认过了，我仍心怀感激。

谢谢世上最棒的经纪人吉恩·奥，不仅和我一起疯，还会努力打击我的疯狂。

谢谢所有抽时间回答我无尽问题的学者和思想家，他们是：保罗·隆巴尔多、戴夫·卡塔尼亚、希玛·亚思明、比尔·埃施迈耶、希奥克·艾安森、梅卡·波朗科、里克·温特博特姆、亚历山德拉·明娜·斯特恩、艾莉森·贝尔、丹尼尔·罗布、特伦顿·梅里克斯、阿比·普拉特、盖恩·普拉特、史蒂夫·帕特森、布利斯·卡诺坎、卢瑟·斯波尔、乔纳森·巴尔科姆、玛吉·卡特勒、马克·博尔德、斯坦齐·沃贝尔、克里斯托弗·伊姆舍尔、迪娜·凯拉姆斯、安德烈亚·巴伯。谢谢史密森学会的克里斯·墨菲和大卫·G. 史密斯。谢谢佩尼克斯岛的可可·韦林顿、艾琳·卡塞利亚·赖德和多里纳·梅班。谢谢斯坦福大学特殊收藏所、胡佛研究所和印第安纳大学档案馆的档案员们，谢谢他们不知疲倦的帮助。谢谢克里斯托弗·沙尔普夫，谢谢他在词源学和鱼类学方面的贡献，如果你想知道一些鱼类名字的有趣词源，请搜索"The ETYFish Project"，前往他的网站遨游。谢谢斯坦福大学的理查德·怀特和他培养的出色学者，谢谢他们慷慨分享档案以及自己的观点。万分感谢安娜和玛丽，谢谢她们把自己的故事托付于我，谢谢她们花时间让我感受她们的善良和谦卑的智慧。

谢谢忍受本书初稿的读者：珍妮·坎顿、亚力克西斯·谢特金、内尔·博赛肯斯坦、格雷丝·马洛尼·米勒、希瑟·拉德克、凯利·利比、罗温·福伊尔·米勒和克里斯·米勒。谢谢你们花费那么多时间和精力提出修改意见，也许我永远没法还清这份情谊，但我一定会尽力。谢谢朱莉安娜·帕克、苏珊·彼得森和莉萨·马歇尔·瓦斯克斯（还有她的伍德克雷斯特读书俱乐部），谢谢他们为书末的"可供讨论的话题与问题"做出的贡献。还要谢谢你，卷发男人，谢谢你让我分享我们的故事，虽说你终究没成为我的城堡，却是我最棒的温室。

推荐两本书：丹尼尔·罗布清澈见底的回忆录《穿越那片水》（*Crossing the Water*），讲述了他在佩尼克斯岛上的改造学校教书的时光。该书的文字，和那座岛一样，荒凉而摄人心魄，有时温柔，有时粗粝。我一直记得他提出的那三个问题：隐居的价值、努力工作的价值，以及一个地方能否改变一个灵魂。第二本书是珍妮弗·迈克尔·赫克特的《留下：一段关于自杀和反自杀哲学的历史》（*Stay: A History of Suicide and the Philosophies Against It*），她在书中洋洋洒洒地列出了反对自杀的非宗教论据。两本书都是特别美妙的读物，是我会永远珍藏的礼物。

我很幸运，能和全美最棒的这些讲故事的人一起训练：杰德·阿布姆拉德、阿利克斯·施皮格尔、汉娜·罗辛、埃伦·霍恩、丽达·约翰逊、安妮·古登考夫、琴杰拉伊·库曼尼卡、罗伯特·克鲁尔维奇、多米尼克·普雷齐奥西、克里斯·蒂尔曼、克里斯·帕斯特奇克、朱莉娅·巴托尔、帕特·瓦尔特斯、苏林·惠勒。谢谢你们在我身上倾注的时间，那些时间改变了我的生命轨迹。还要谢谢弗吉尼亚人文学院、弗吉尼亚创意艺术中心、弗吉尼亚大学MFA项目和绝佳基金会，上述机构为我慷慨提供了资金或住宿。谢谢马洛尼一家人，谢谢你们给我温暖的怀抱和那么多的欢笑。你们的爱比诺拉最喜欢的沙发还要舒服。

谢谢插画师凯特·萨姆沃斯！看着你用我的文字组织画面，是整个写作过程中最令人愉悦的事。看到这里的各位读者，如果你们需要一位插画师，凯特能做的可多了：油画、水彩、木版画、刮版画，甚至是黏土动画。她真的是个怪才，拥有无穷的创意和想象力。谢谢你愿意将自己的无限才能投入这本书中。

谢谢你，我的爸爸克里斯·米勒，谢谢你让我无情地写出你最糟糕的一些时刻，谢谢你真的不介意，谢谢你又那么在意。一根手指，放在鼻子边：永远。

谢谢威尔科克斯一家人，谢谢你们在我忙于这本书的时候，陪伴被我抛下的爱人和狗狗。谢谢鲍勃和伊妮，谢谢它们的骨头。谢谢杰夫·沃纳的烟花。

谢谢可爱的瑞德，谢谢你才十一个月大，还没长牙，就会对着闪电微笑。

最重要也是最后的感谢，献给格雷丝。谢谢你用无数种方式支持我写出这本书，谢谢你又弄洒了饮料，从来学不会不让饮料烫到自己的舌头。和你在一起的每分每秒，都是我的人生壮丽恢宏的时刻。

可供讨论的话题与问题

1. 你是否对大卫·斯塔尔·乔丹的戏剧性转变感到吃惊？一开始你是不是有点喜欢他？如果真是这样，作者的叙述方式如何影响了你对大卫的理解？为什么作者没有在一开始揭露他那令人不安的行径？

2. 大卫的形象在本书结尾是否稍有好转？你认定他是完全"邪恶"的存在吗？

3. 你如何看待本书结尾处关于积极错觉的内容？你的生活中有这种具备积极错觉的人吗？你是否想要向他们靠近？

4. 根据希腊神话，希望是最后留在潘多拉魔盒中的东西，这让一些人推测希望本身也是邪恶的事物。希望在本书中扮演了什么样的角色？在你的生活中呢？希望是否曾将你引入歧途？

5. 你用什么策略穿越混乱向前走？你觉得为什么作者要把混乱的首字母大写？

6. 讲述自己的过往经历时，作者没有使用"自杀"这个词。讨论一下为什么作者和编辑做出如此选择，以及这一选择对你的阅读体验有什么影响。

7. 本书的主旨之一是"即便是科学家和无神论者也需要仪式感"。你觉得作者为什么要强调这一点？

8. 你认为科学本身是本书的角色之一吗？如果你的回答是肯定的，那么科学如何随着故事的进程而发展？

9. 本书的插画对你的阅读有什么影响？

10. 你第一次听到本书书名的时候，是什么感觉？现在，读完整本书之后，你觉得鱼类是否存在？为什么？

11. 你是否认为，为世上的生物划分种类，注定导致一种自上而下的等级观念？这将如何影响我们把人类划分成三六九等，并且将部分人群边缘化的做法？

12. 优生学家致力于选取某一类人，某种基因学的理想型，以此创造一个优等民族。现在，大部分人都认为当时的优生学政策是不道德的、反人类的。但他们经由净化基因创造"优等民族"的理论，还有哪些方面在科学上站不住脚？

13. 美国优生学家给了希特勒灵感，这一点是否让你感到吃惊？如果是这样，你认为学校为什么没有提及这部分内容？

14. 在思考人生意义的时候，作者用蒲公英做比喻："它是药商的药材，可以清肝明目，滋润皮肤。它是画家的颜料，是嬉皮士的王冠，是小孩的愿望。"（第十二章）作者认为，一种物品的价值取决于观者。你同意吗？你自己的生活中是否有这样的例子？

15. 在本书结尾处，作者认为，词语、类别和想要让世界井然有序的愿望，会造成难以置信的伤害。你同意作者的观点吗？上述做法有什么好处？你给某个东西命名，这一过程没有任何影响，还是说能够催生现实中的某种变化？

16. 如果你七岁的孩子问你生命的意义是什么，你会怎么回答？

通往超越类别的世界的
藏宝图

如下练习可以帮你看到一个更宽广的世界:

1. 步行穿过一片森林或一座公园,试着在周围发现每一种彩虹上的颜色,并摘下或拍下每种颜色的事物。最后,把你搜集来的物品根据颜色排成一道彩虹。准备好为之惊叹吧,即便是看似最乏味的世界,也有无尽趣味在其中。①

___

① 这个练习是我二姐亚历克莎·罗丝·米勒发明的。她投身于教育行业,教那些专业的医学人员带着更多不确定性看待这个世界。她过去做美术馆的教育主管时,萌生了这个在散步时寻找彩虹颜色的想法。有一回,孩子们坐着校车来到美术馆参观,不巧当时美术馆关门了。于是她和孩子们带着美术馆相关人员准备的彩色扇子走进附近的树林,孩子们在那里发现了彩虹的每一种颜色。——作者注

2. 花几分钟给这朵蒲公英上色。一边上色，一边想想你看不起的人或事物的价值。

3. 想想自然界那些还没有名字的事物，比如吹过沙丘青草的风，或者某种山上野花的味道。花几分钟以这些事物为主题自由写作，尽量生动地描述它看上去、听上去、闻上去如何，它如何同周围的世界互动……任由脑中的画面和关联快速涌现，写作时，列表或文字形式均可，随你选用。最后，回头看看自己写的内容，给它起个名字。一旦给它命名，你和这份文稿的关系是不是就改变了？[①]

[①] 这个练习改编自获奖诗人利娅·内奥米·格林发明的练习。在华盛顿与李大学的生态写作课上，她让学生读罗伯特·哈斯的《描述树木的问题》这首诗，然后开展相应的练习。——作者注

4. 写下人们对你的各种负面评价，你怀疑人们对你抱有的负面评价，或者你对自己的负面评价。想想你（或者其他人）认为你拥有的缺点。比方说，你太害羞，没法做自己想做的事情，你太无聊，太情绪化，没有魅力，不够机智，缺乏好奇心，不够敏锐，不够强壮……把这些评价事无巨细地写下来。又比方说，你不善于做磅蛋糕，你平衡感不够没法冲浪，你不招人喜欢所以从未真正被爱过……就这样，把这些评价写在这里，写在这段话下面。

5. 把这一页撕下来，烧掉。[①]

[①] 这个练习受到天才的朱莉娅·卡梅伦的启发，她写的《唤醒创作力》能改变你的一生。——作者注